DAMAS DA NOITE

OBRAS DO AUTOR

FICÇÃO

Criado-mudo (romance), 1ª edição; Brasiliense, 1991, 2ª edição: Editora 34, 1996. *I would have loved him if I had not killed him*, St. Martin's Press, EUA, 1994. *Die Brasilianerin*, Rütten & Loening, Alemanha, 1995. *Eeen jonge Braziliaanse*, Uitegeverij Anthos, Holanda, 1996. *La mesilla de noche*, Los Libros del Asteroide, Espanha, 2007, com 2ª e 3ª edições em 2008 e 2009. 3ª edição brasileira: Record, 2008

O livro das pequenas infidelidades (contos), 1ª edição: Companhia das Letras, 1994, 2ª edição: Record, 2004

As larvas azuis da Amazônia (novela), Companhia das Letras, 1996

Branco como arco-íris (romance), Companhia das Letras, 1998

No coração da floresta (contos), Record, 2000

O manuscrito (romance), Record, 2002

Histórias mirabolantes de amores clandestinos (contos), Record, 2014 – 2º lugar do Prêmio Jabuti 2005, categoria contos, e 3º lugar no Prêmio Portugal Telecom 2005

Olho de rei (romance), Record, 2005 – Prêmio da Academia Brasileira de Letras para Melhor Obra de Ficção 2006 e 3º lugar no Prêmio Jabuti 2006, categoria romance

Um livro em fuga (romance), Record, 2008

O punho e a renda (romance), Record, 2010 – Prêmio Pen Clube 2011, 2ª edição revista, Record, 2014

Damas da noite (romance), Record, 2014

NÃO FICÇÃO

Diplomacia cultural: seu papel na política externa brasileira, Instituto de Pesquisa de Relações Internacionais/Fundação Alexandre de Gusmão, 1989, 2ª edição: Fundação Alexandre de Gusmão/Ministério das Relações Exteriores, 2011

Edgard Telles Ribeiro

DAMAS DA NOITE

romance

EDITORA RECORD
RIO DE JANEIRO • SÃO PAULO
2014

CIP-Brasil. Catalogação na publicação
Sindicato Nacional dos Editores de Livros, RJ

R368d Ribeiro, Edgard Telles, 1944-
Damas da noite/Edgard Telles Ribeiro – 1.ed. – Rio de Janeiro: Record, 2014.

ISBN 978-85-01-10216-4

1. Romance brasileiro. I. Título.

CDD: 869.93
14-08743
CDU: 821.134.3(81)-3

Copyright © Edgard Telles Ribeiro, 2014

Texto revisado segundo o novo Acordo Ortográfico da Língua Portuguesa.

Direitos exclusivos desta edição reservados pela
EDITORA RECORD LTDA.
Rua Argentina, 171 – 20921-380 – Rio de Janeiro, RJ – Tel.: 2585-2000

Impresso no Brasil

ISBN 978-85-01-10216-4

Seja um leitor preferencial Record.
Cadastre-se e receba informações sobre
nossos lançamentos e nossas promoções.

Atendimento e venda direta ao leitor:
mdireto@record.com.br ou (21) 2585-2002.

Para Angelica

para Cecilia Costa Junqueira

AGRADECIMENTOS

Carlos Augusto Calil
Ivan Junqueira
Ivanildo Teixeira
Lucas Bandeira
Luiz Augusto de Araujo Castro
Marco Aurelio Garcia
Marcus de Vincenzi
Regina Meyer
Thomas Colchie

No ve las cosas que pasan?
Mejor llamarlas novelas..
MIGUEL ÁNGEL ASTURIAS

PARTE 1

1

"Atrás de toda história sempre existe outra", disse-me certa vez o escritor João Oswaldo Albuquerque. *Palavras banais*, recordo-me de haver pensado na ocasião. Mas, quando ele morreu, lembrei-me do que me dissera. Talvez porque a história que se escondia por detrás da sua fosse a minha. Nada como a morte para nos fazer ver com singular clareza o que a vida em geral encobre.

Verdade seja dita, a nossa sempre foi uma estranha, curiosa e por vezes perversa associação. Conheci-o aos vinte e dois anos, em 1962, quando dava início a minha carreira de repórter no antigo *Diário Carioca*, e José Oswaldo já publicara um livro que o consagrara como autor maldito. Lançado em 1958, quando ele mal completara trinta anos, intitulava-se *Diário de uma prostituta*. Ao chegar às livrarias, chocara a sociedade daqueles tempos, que considerara o texto um atentado aos bons costumes. No entanto, certos críticos influentes logo haviam proclamado tratar-se, em seu gênero, de uma obra extremamente original, como se Jean Genet tivesse baixado no Rio de Janeiro para explorar o *basfond* do Mangue e da Lapa com uma força e autenticidade até ali desconhecidas entre nós. Foi o que bastou para que as opiniões se dividissem e o escritor fosse alçado a um patamar digno de honrarias e louvores.

Mal publicado o livro, o destino de João Oswaldo sofrera uma reviravolta adicional: seu tio, rico proprietário de uma firma de engenharia, perdera o único filho em um acidente de carro. Em virtude da tragédia, o escritor vira-se às voltas, da noite para o dia, com a administração de uma empresa milionária da qual, no ano seguinte, se tornaria herdeiro. Uma situação nada desprezível, pois a companhia respondera, em sua origem, por vários edifícios construídos na Avenida Atlântica e em outros bairros elegantes do Rio de Janeiro.

Quando o procurei pela primeira vez, estava interessado no escritor. Mas foi o empresário quem me recebeu. E foi com ele que, de início, precisei lidar.

Senti, de imediato, que se tratava de um homem essencialmente prático. Desses que, desde cedo, traçam determinados objetivos para si próprios, que perseguem com zelo em trajetórias sempre ascendentes. Mais adiante, à medida que as circunstâncias me levariam a revê-lo, percebi que possuía alguns talentos adicionais, entre eles a capacidade de seduzir pessoas a sua volta com extrema amabilidade, deixando sempre no ar a impressão de que lhes prestara um serviço. Ora aliciava, ora se deixava aliciar, em um movimento tão sinuoso quanto contínuo, que fazia pensar em uma serpente circulando sob águas paradas.

Como homem de posses que passou a ser após o acidente que vitimara o primo, trafegava em uma faixa protegida e rarefeita. A exemplo de seus pares, corrompia ocasionalmente políticos ou legisladores, mas sem se fazer notar. E ignorava a lei se lhe convinha, contornando-a com a habilidade de quem dispunha de advogados mais espertos do que íntegros.

Agia, no entanto, com uma distinção e elegância que apenas um cuidadoso distanciamento permite. E era disso que se tratava: em sua esfera de atuação, operava do Olimpo. Dava-se com intelectuais e políticos, banqueiros, jornalistas e empreiteiros, tinha mesas cativas nos lugares da moda e camarote no Municipal, doava dinheiro a incontáveis instituições de caridade, circulava no Country sem deixar de frequentar gafieiras.

Um único fato chamava atenção a seu respeito: após aquele primeiro livro em certa medida fulgurante, João Oswaldo nada voltara a publicar que despertasse um mínimo de interesse, fosse da crítica, fosse do público. Como se sua obra inicial tivesse consumido todo o talento de que dispunha. E a fortuna herdada do tio o tivesse reduzido de escritor maldito a mau poeta.

Apesar disso, fizera do ingresso na Academia Brasileira de Letras, que perseguira com tenacidade e notável trabalho de bastidores, uma questão de honra. Meta que terminaria por alcançar nos anos oitenta, após duas tentativas malsucedidas.

Compareci a sua posse. O olhar que trocamos na ocasião disse tudo. Eu sabia exatamente o que o levara até ali. De mim, não tinha nada a esconder. Metido em seus trajes dourados e galardões, superara a própria obra com base apenas em sua estampa.

A verdade é que sua existência mais ostensiva, sem nada acrescentar à paisagem, não feria o decoro geral. Poucos, como eu, seriam detentores de informações adicionais que pudessem acrescentar uma tinta mais incisiva aos tons discretos que emolduravam sua personalidade.

Tornei-me uma exceção à regra por mero acaso. Um acaso ao qual se somaram fraquezas variadas a que sucumbi. E que hoje adquirem a meus olhos contornos sombrios. Se a história de João Oswaldo, em si mesma bem-sucedida, foi deixando de resplandecer por ter permanecido cristalizada no tempo, a minha, sem que eu me desse conta, foi aos poucos me corroendo. Em parte pelo tipo de vida que levei. E, também, pela maneira com que me comportei quando confrontado com determinadas situações.

Como jornalista que sempre fui, travei contato com meio mundo no Rio de Janeiro. Da época em que nossa cidade ainda era capital da República, e resistia estoicamente à criação de Brasília, aos dias correntes, quando por fim me aposentei.

E foi como simples repórter em meus primórdios, como disse, que conheci João Oswaldo. Mais velho do que eu de uns bons doze anos, encontrava-se ainda em pleno gozo de sua juventude e seu vigor. Beneficiava-se de atributos vários que lhe proporcionavam uma existência recheada de prazeres – mas que também o tornavam vulnerável a certos perigos.

Talvez pela maneira como se deu nossa aproximação, ou por outro motivo que hesitaria em definir agora (e que tenha tido a ver com minha extrema juventude e inexperiência), senti-me atraído pela figura. Como quem se deixa hipnotizar por um enigma.

Acabaríamos firmando um pacto velado ao longo de uma série de encontros intermitentes, um pacto de silêncio que respeitei até aqui. E que teve origem na confissão de um segredo, que nos uniu de forma umbilical.

A notícia de sua morte se revestiu assim, para mim, de um forte valor simbólico. João Oswaldo enfunara suas velas a caminho da imortalidade a bordo de uma impostura. Fato que o levara a passar toda a sua vida como que suspenso sobre um abismo. Ironia maior, dado o sucesso que mal ou bem tivera entre seus pares, a meus olhos não poderia haver.

Salvo a que me levara a frequentar o mesmo abismo.

2

O nome de João Oswaldo foi evocado pela primeira vez em minha presença em 1962, no contexto de um delicado caso de chantagem de que teria sido vítima alguns anos antes. Isso me contou um delegado de polícia com quem me relacionava por dever de ofício, e em cuja companhia costumava beber semanalmente em um bar da Lapa. O homem falou por falar, sem maior razão da que nos leva a arredondar um pensamento recorrendo a outro. Valeu-se, em suma, de um exemplo que pouco tinha a ver com o caso de que nos ocupávamos. E foi assim, a bordo de uma vinheta casual, que o escritor penetrou em meu imaginário, como se me saudasse das entrelinhas de uma nota de rodapé.

Mas que tinha sua graça, a nota de rodapé, isso tinha, e por esse motivo prendeu minha atenção de jovem repórter. Contou o delegado que, quatro anos antes, em 1958 portanto, uma pobre prostituta, e acentuara o *"pobre"* para distingui-la das *cocottes* que frequentavam a Rua Alice e outras paragens afortunadas, havia tentado extrair uns trocados de um jovem escritor, que depois me revelou se chamar João Oswaldo

Albuquerque. E fizera-o com base na mais absurda (e, para mim, curiosa) das alegações: a de que ele lhe roubara um diário íntimo. E com base nele publicara o livro que lhe trouxera fama.

O delegado me oferecera assim, de bandeja, a informação que a um tempo poderia explicar e condenar a origem da obra que elevara João Oswaldo ao seleto grupo dos autores malditos em nosso meio. A ser verdade o que me era contado, tratava-se do material que ele publicara sob o próprio nome, para escândalo geral, a que se sucederia aclamação crítica. João Oswaldo se apropriara do caderno que dera origem a sua primeira produção. Era, pelo menos, o que afirmara a prostituta – que registrara queixa na delegacia após dar com um exemplar na vitrine de uma livraria, ostentando uma bela foto do autor na contracapa.

Como muitos em minha geração, eu ouvira falar da obra, mas não a tinha lido. Ficara assim intrigado com a revelação do delegado. Por coincidência, dias antes, alguém se referira ao debate que tomara conta da redação do *DC* quando, na época da publicação do livro, a questão de resenhá-lo, ou ignorá-lo, se colocara com veemência. Um texto cuja origem, caso confirmada a história que me fora revelada, era ignorada de todos.

A resenha saíra – e consagradora. Militando na vanguarda, nosso matutino se orgulhava de sua independência. Ainda que se tratasse de um Rio de Janeiro bastante conservador do final dos anos cinquenta, o editor-chefe deixara de lado a prudência e o bom senso que refletiam os costumes de então. O nosso estivera entre os primeiros jornais a sair em defesa do livro, colocando-o nas nuvens.

Minha conversa com o delegado foi perturbadora. Apesar de não haver prova alguma de que o relato da prostituta tivesse qualquer base na realidade. O assunto chegara a meu conhecimento carregado de cores dramáticas, mas despojado de evidências que lhe dessem sustentação.

Não passava, nesse sentido, de uma historieta fronteiriça a um *fait divers*. Mas que me atraiu por se somar a um sem-número de lendas em que acidentes afastam a obra de seu verdadeiro criador. Para meu interlocutor, porém, João Oswaldo fora vítima de uma armação. *"Fiquei com a impressão que ela estava interessada em tirar uma grana dele..."*, comentou a certa altura. Com isso, senti nitidamente que, para a polícia, o manto da culpa recaíra sobre a prostituta. Uma mulher, conforme agregou minha fonte, com várias passagens pela delegacia da Lapa.

Fiquei sopesando a informação, sem saber que destino lhe dar. Como o *DC*, quatro anos antes, estivera entre os primeiros jornais a defender o livro, a intriga não interessaria a meu editor. Ressuscitar um assunto desses, e fazê-lo sob uma luz no mínimo ambivalente, não soava como uma boa ideia. Nisso estava, quando o delegado coçou a cabeça e, antes de abandonar de todo a anedota para regressar ao que nos interessava, recordou-se de um derradeiro detalhe:

– Ela entrou aos brados na delegacia para registrar sua queixa. Chorava de raiva. Dizia que *"aquele era seu único amor"*.

– Seu único *amor*...!? – indaguei perplexo. – O diário?

E o delegado, como se formulasse a pergunta para si próprio:
– Sua única riqueza, talvez...?
– Suas memórias, quem sabe... – arrisquei então.
– *Sua vida...* – ele corrigiu por fim.

Acertara em cheio, como eu próprio verificaria mais tarde. Era da *vida* da prostituta que se tratava. Com um gesto que, em sua origem, teria provavelmente refletido uma molecagem, João Oswaldo a despojara de sua identidade. Fora além, contudo. Valera-se do texto de maneira devastadora, publicando-o como se fosse seu. Apropriara-se, então, já não tanto de sua vida, mas de sua alma. E tudo em nome de um elixir desconhecido – o acesso ao panteão literário. Depois de aviltá-lo em um gesto predador, passaria o resto de sua vida a cortejá-lo em vão.

Foi essa hipótese que me levou a me interessar pela figura, ainda que, naquela noite, tudo ignorasse sobre o painel grandioso em que ela se movia – fora o que lia em meu próprio jornal, onde seu nome deixara havia muito de frequentar as páginas literárias para trafegar pelas colunas sociais. Agi, assim, por instinto.

Quanto mais pensava na versão da prostituta da Lapa, mais ela crescia em minha imaginação. Se algo fazia sentido nesse episódio, era sua revolta. Que culpa teria tido o delegado, imerso no lodo habitual de seu dia a dia, ao ignorar o que ia aos poucos tomando forma diante de mim?

Concentrei-me, assim, no horror da mulher que vira sua história exposta pelas mãos de um terceiro em uma vitrine de livraria. Fora lesada no que de mais íntimo possuía – e ainda passara pelo dissabor de ver seu texto alimentar o êxito alheio. O diário resultara do talento de uma mulher. O livro voltava a relegá-la à condição de prostituta.

3

Decidi então confrontar o empresário com a denúncia da mulher da Lapa, o que fiz com a desfaçatez dos jovens que julgam nada temer.

– Uma prostituta? – ele indagou com polidez depois que terminei de falar. O tom e a testa franzida traduziam uma perplexidade cortês.

João Oswaldo me recebera em deferência a um pedido pessoal do fundador de meu jornal. Os dois se davam socialmente, almoçavam com certa frequência no restaurante do Jockey. *"Como vai nosso José Eduardo?"*, ele me perguntara momentos antes, ao me fazer entrar em seu escritório, um conjunto de salas ricamente mobiliadas no Centro da cidade. Trajava um terno impecável e passeara um olhar divertido por minhas roupas amassadas. Oferecera-me um drinque. Depois de hesitar um pouco, aceitara um guaraná.

Eu era amigo íntimo, além de colega de turma desde o primário, de Flavio Eduardo, neto do velho e poderoso Macedo Soares. E a isso devia minha introdução. *"Nesse episódio, a única puta só pode ser esse seu conhecido"*, dissera Flavio ao avô com enorme perspicácia, antes de concluir com outra magnífica tirada: *"Se for homem de caráter, vai adorar ser entrevistado e tourear a denún-*

cia." Duas frases irresistíveis aos ouvidos de um dos patronos de nossa imprensa de então.

Daí que, após uma sucinta troca de amenidades, eu contara a meu anfitrião a história do delegado. Mesmo porque este não fizera grande segredo de seu relato, um incidente velho de quatro anos. Enquanto eu falava, João Oswaldo examinava o teto da sala, como se estivesse fazendo um sincero esforço para se recordar daquele fragmento de seu passado. Por meu lado, eu lera seu livro como quem faz um dever de casa. Estava preparado.

— Procurei a mulher... — eu disse a certa altura, em um tom de voz pausado.

Antes de subir até seu escritório eu tomara um uísque duplo no bar da esquina. Apesar de impressionado com a majestade do prédio, à qual se somava a imponência da sala, sentia-me absolutamente em casa. Tanto que fiz uma pausa. Ele desviou o olhar do teto e o fixou em mim. As janelas a suas costas davam para o Aeroporto Santos Dumont. Deixei que um Convair da Cruzeiro do Sul terminasse de levantar voo.

— Descobri que ela se matou — completei por fim.

Aqui ele se permitiu um sorriso. E emitiu uma frase:

— Então somos apenas dois a saber do segredo.

— Três, com o delegado... — lembrei.

— Mas o delegado é nosso... — ele ponderou sem deixar de sorrir.

— Nosso, não. *Seu...* — respondi no limite da insolência.

Confrontei-me ali, pela primeira vez, com a maestria do homem. Ele sabia que a mulher se matara. Ainda assim, aquele sorriso não se desfazia de seus lábios, como se estes só tivessem por função ostentá-lo. Nada tinha de forçado e muito menos de condescendente. João Oswaldo sinalizava um interesse genuíno por minhas palavras. E me estimulava a prosseguir.

Por meu lado, eu tudo ignorava sobre o Olimpo em que operava. Ou sobre o mundo de detalhes que o distanciava de mim, que ia do tecido de seu terno à blindagem intransponível a que recorreria, se necessário fosse, a um simples toque de campainha. Ao mesmo tempo, fui aos poucos me dando conta de que sua serenidade estendia a minha pessoa seu manto protetor. De forma nada invasiva. Como uma leve aragem, dessas que circulam entre dois cavalheiros – que nada pode separar além do oxigênio que respiram por cortesia da natureza. A sua maneira, João Oswaldo me fazia sentir como seu igual, levando-me a assumir a postura de um templário até ali disposto a invadir seu castelo – mas agora inclinado a aceitar sua hospitalidade.

Tanto que logo deu seu bote:

– Posso confiar em você? – indagou.

Sobre essa pergunta se assentaria o pacto que viéssemos a celebrar – *e não sobre a resposta*. O que houve de inédito, e inquietante, na cena foi precisamente que ele nem sequer aguardou minha reação. Como se não importasse. O que contava era a cunha que introduzira entre a história que me trouxera até ali e minha pessoa. Além do elo que, nessa brecha, poderia construir entre nós. E que doravante daria o tom de nossas relações, se algum futuro elas viessem a ter.

Por trás da aparente encenação havia um motivo, como eu viria a saber. E esse motivo era a um tempo simples e complexo. Baseava-se, como ele me revelaria anos depois, na seguinte premissa: caso eu de fato fosse *especial* como apregoara seu amigo Macedo Soares (que me tinha em alta conta por força dos exageros de seu neto), ele me concedia o privilégio de decidir em que faixa operar. Poderia, por exemplo, me ocupar da puta e fustigá-lo com um tema a seus olhos irrelevante. Como poderia subir de nível – e me ocupar *dele*.

Ocupar-me do puto, por assim dizer. Digressão que me permito fazer com certa dose de tranquilidade pessoal, decorridas cinco décadas desse primeiro encontro. Na época, porém, limitei-me a encobrir meu crescente mal-estar com um gole adicional de guaraná.

A questão evocada por sua pergunta, de que eu fosse um homem confiável, nem chegou a se colocar, tal a velocidade com que os acontecimentos se desenrolaram a partir daí. Pois, quase sem transição, João Oswaldo se dirigiu a um pequeno cofre ao pé da estante, que abriu, dele retirando um caderno grosso de colegial.

Uma decisão arriscada, a sua, dado o objetivo declarado de minha visita. Ele acabara de mergulhar do alto de um penhasco sem saber ao certo a profundidade da água que o aguardava abaixo. Ao retirar o famoso diário do cofre, e passá-lo a minhas mãos sem uma única palavra, João Oswaldo queimava etapas.

Quanto a mim, ao recebê-lo, e ao ver meu anfitrião de volta a sua poltrona, charuto aceso em punho, senti que algo se passava, que ia bem além daquele caderno. Algo que nos situava em outra dimensão. Com toda a perfídia que o roubo do pequeno volume representava, com tudo que seu conteúdo pudesse revelar, o que de importante acabara de suceder entre nós havia sido relegar o assunto – todo ele, em suas minúcias e implicações – a um segundo plano. Dores e pesares incluídos. De modo a abrir uma outra vertente em nossa conversa.

Assim se portam dois cavalheiros, sua tranquilidade parecia sugerir. E se eu quisesse mudar as regras do jogo, interferindo na atmosfera criada de forma a adequá-la a minhas aspirações originais, muito bem. Mas teria de revestir o tema de uma grandeza equivalente à confiança que ele depositara em mim, retirando-o de seu âmbito policialesco para promovê-lo a um patamar mais elevado. Tratava-se, no fundo, de um jogo. Um teatro de sombras, no qual ele circulava como mestre e eu me iniciava como aprendiz.

Em um primeiro momento, achei que João Oswaldo estivesse apenas preocupado em me ofuscar, de modo a se livrar de uma situação incômoda. Foi, pelo menos, o que pensei. *"Ele está assustado. Quer fugir da raia. Se bobear, me comprando."*

Mas o diário estava em minhas mãos. A prova que o incriminava. O que saberia de mim João Oswaldo para correr um semelhante risco? Não revelara, momentos antes, com seu sorriso, que estava a par do suicídio da mulher? Ocorrido por culpa sua, indiretamente que fosse? Como escritor que era, ou aspirava a ser, não tinha como avaliar o alcance que eu poderia dar a uma matéria desse porte, se a publicasse?

Por seu amigo magnata de imprensa, ele não ignorava que eu pertencia à clássica família dos devoradores de livros. Teria deduzido que eu lera o suficiente para saber que as aparências não apenas enganavam, mas que nisso residia uma de suas mais interessantes funções? Se esconder ou omitir fatos tinha sua importância – até mesmo como forma de preservá-los –, um novo jogo não poderia ser armado a cada instante ao bel-prazer dos contendores? Robert Bresson não dissera, em um depoimento sobre seus filmes, que era importante esconder ideias, *mas de tal forma que as pessoas as encontrassem*?

Antes que a atmosfera que nos cercava se tornasse mais rarefeita, achei prudente me concentrar no exame do manuscrito. Retirá-lo daquele recinto era fora de questão. O horizonte temporal de nosso embate ficava prorrogado até pelo menos o fim da tarde, pois que havia leitura ali para duas ou três horas, entre outras razões pela dificuldade em decifrar a caligrafia sinuosa de nossa amiga. (Assim a considerava àquela altura, apesar de morta e enterrada. Não era a ela a quem eu devia aquele encontro, cujos contornos indefinidos mal começava a entrever?)

João Oswaldo, nesse meio-tempo, pareceu se esquecer de mim. Deixou sua poltrona para se sentar a uma escrivaninha mais ao fundo da sala. Seguramente dera instruções para não ser interrompido, nem ser chamado ao telefone. O fato é que fomos ambos transportados para um ambiente de biblioteca, onde imperam silêncios seculares carregados de mistérios que vão bem além dos textos conhecidos ou admirados, porque se alimentam de uma tristeza – a que diz respeito às obras que jamais leremos. Senti-me assim de fato em casa, já não mais pelos efeitos do álcool, mas devido a um enredo que principiava a deixar um espaço para ingressar em outro.

Uma hora se passou, sem que nada ou ninguém nos interrompesse. Hora sagrada, ao longo da qual fui percebendo que a história publicada por João Oswaldo refletia de modo fiel o diário em minhas mãos. A única diferença, fundamental, era o emaranhado de letras diante de mim. Eram elas que promoviam o caderno a um grito de desespero. Por mais forte que tivesse sido o livro, foi ali, perdido em meio à dança dos rabiscos a minha frente, que tive um verdadeiro acesso ao longo e catatônico monólogo – e descobri as emoções que afloravam daquelas linhas. Somente então fui tomado por sua força. Como se a modéstia do caderno, em contraste com o vigor de seu conteúdo, por si só legitimasse o drama.

O cipoal de garranchos conferia à leitura uma qualidade abstrata que lembrava, em escala pequena, a fúria e o lirismo de uma tela de Jackson Pollock. Uma tela à qual João Oswaldo dera, em sua versão editada, elegante e limpa, uma triste forma, reduzindo assim a obra a uma sombra do que fora. O curioso era que ele nada mudara na escrita, nem interferira na sintaxe ou nas regências truncadas, e muito menos modificara a narrativa. Mas a história que, no diário a minha frente, saltava das páginas como um animal ferido, perdera, no volume impresso, sua espontaneidade e força. De seu grito restava apenas um gemido.

Em dado momento, quando eu ia pelo primeiro terço do caderno e já me encontrava inteiramente enredado na trama – o que não se dera com a mesma intensidade quando eu lera o texto publicado –, João Oswaldo, como que tomado por uma súbita ideia, levantou-se e caminhou até sua estante. Senti-o passar por mim como uma aparição, tamanha sua irrealidade em contraste com a densidade do que eu lia. Chegado à estante, ele retirou de uma das prateleiras um livro, que colocou no braço de minha poltrona. Para minha surpresa, tratava-se de seu *Diário de uma prostituta*, ali deixado como se fosse um dicionário que, em caso de dúvida, eu desejasse consultar.

Mais do que um desafio, o gesto relativizava a seriedade do episódio. Como para confirmar a impressão, João Oswaldo deu um tapinha em meu ombro, antes de deixar a sala no embalo de duas frases e uma pergunta:

– Volto já. Fique à vontade. Quer outro guaraná?

4

Uma hora depois ele regressou.

— Conseguiu avançar? — indagou, voltando a se sentar perto de mim. Falara como se eu estivesse lendo um relatório de sua construtora.

— Sim... — respondi no mesmo tom. — Estou chegando à metade. Quando ela corta os pulsos pela primeira vez. O que eu não entendo...

Ele aguardou. Sabia aguardar. Era um de seus talentos. Quanto a mim, já definira a trilha pela qual poderia enveredar sem perder o controle da situação.

— O que eu não entendo é... — retomei então — *como é que uma pessoa como você...*

E fiz um gesto que abarcava sua sala, com os móveis sofisticados, os tapetes persas, os livros finamente encadernados, as estampas antigas retratando cavalos de raça. Lá fora, a Baía de Guanabara acenava de volta, com tudo o mais que também oferecia em matéria de riquezas, surpresas ou aventuras.

— *...se envolve com uma mulher dessas?* — ele indagou acendendo um segundo charuto.

— É, exatamente.

— Bebida... Bebida e fim de noite. Éramos dois no carro, elas eram duas numa esquina. Dois imbecis de porre. Vínhamos de um jantar na casa de amigos que moravam em Santa Teresa. Por engano, tínhamos descido pela Cândido Mendes e caído na Lapa. Fiz um gesto, meio que de farra, e uma delas se aproximou. Meu amigo passou para o banco de trás. Ríamos como dois idiotas. Ela se sentou a meu lado. Falo de quatro anos atrás, 1958, quando o Aterro do Flamengo, ali ao lado, começava a ser construído. Dava para nos refugiarmos atrás de uns caminhões que ficavam estacionados à noite por lá. Começou assim.

– *Começou?* – interrompi surpreso. – Porque... *continuou?*

Ele deu uma nova baforada em seu charuto. O charuto iria dali em diante pontuar nossa conversa. Graças a ele, João Oswaldo ganhava um tempo aqui, outro acolá, e com isso nunca perdia de vista nem o ritmo, nem o rumo de sua história. Se o primeiro era tortuoso, o segundo logo se revelaria tenebroso. Bem distante dos parâmetros que eu traçara para mim mesmo ao procurá-lo para sua entrevista.

– Da segunda vez foi diferente... – ele prosseguiu. – Eu estava só e vinha da cidade, do Teatro Municipal. Mas também tinha bebido bastante. Tomei o rumo da Lapa de propósito. E lá estava ela. Dessa vez sozinha em sua esquina. O que eu queria mesmo era que ela me... Ela me...

Aqui ele me pediu licença e recolheu o diário de minhas mãos. Passou a folheá-lo, até que parou em determinado trecho, que leu:

"*...chupasse. É o que eles gostam. Sobretudo os garotos. Meter o pau na minha boca pra ser chupado devagarzinho. E gozar. E eu engulo tudo. Com gosto. Até a* *ultima gota. É disso o que eles mais gostam. Vem lá de Copacabana e até do Leblon só prá isso. Atraz de mim, atraz de minha lingua."*

Devolveu-me o caderno e soltou uma nova baforada. Dessa vez para acomodar a entrada em cena de sua intimidade. Ainda que o fenômeno se tivesse dado pela voz dela. Não que, no Rio de Janeiro da época, dois homens em nossas respectivas faixas de idade fizessem qualquer cerimônia ao lidar com temas do gênero de maneira gráfica. Mas, por alguma razão que ainda me escapava, a referência explícita exigira a presença da mulher. Ela se juntara a nós naquele escritório por um breve instante. E agora voltara a se recolher às páginas de seu diário. Tanto assim era que João Oswaldo não buscara aquele trecho em seu livro – recorrera ao caderno da mulher.

– Chupasse como da primeira vez... – ele completou mais senhor de si e seus prazeres. – Porque ela sabia fazer isso muito bem. E as mulheres com quem eu me permitia certas liberdades na época eram de uma timidez doentia a esse respeito. Não eram chegadas a uma boa sacanagem, em suma. Fora as coristas do Carlos Machado e as meninas que frequentávamos nos bordéis da Paula Freitas. Mas essa mulher tinha...

Pela primeira vez, olhou para mim de frente. Não que até ali demonstrasse sentir pudor ou constrangimento. Se deixara de me encarar era por estar absorto em suas lembranças. A mudança de postura conferiu a sua fala uma nitidez maior, que se traduziu em algo próximo à sinceridade.

— ...tinha um talento especial. Talvez porque operasse em um ambiente tão modesto, dentro de carros ou em becos de rua. Com ela a coisa era simples, sem histórias. Deliciosa e perversa. E ela era boa nisso, demorava uma eternidade, sabia dosar o seu...

A palavra certa, sempre ela.

— ...*seu ritmo*. Só que nessa segunda noite ela sugeriu que a gente fosse para sua pensão. Disse que no Aterro estava dando assalto. Achei que era mentira, mas concordei. Desde que ficássemos nisso. Uma chupada. Ela riu e topou. Mas disse que, em seu quarto, seria mais caro. Ela cobrava uma miséria, coitada.

Sorriu, como se a lembrança o enternecesse.

— Chegamos à tal pensão onde ela morava. Um prédio de três andares no Flamengo, numa das ruas que vão dar no Largo do Machado. Achei isso meio chato, sair do carro e dar alguns passos com ela na calçada. Mas tinha tomado muita champanhe no bar do Municipal e acabei indo. Quando dei por mim, estava no quarto dela.

— Estive lá.

— Você? *No quarto dela?*

— O delegado... — expliquei. — Ainda tinha a ficha e o endereço. Peguei com ele quando comecei a correr atrás da história.

— Correr atrás de mim... — ele riu.

— É... Atrás de você... — também ri.

Estávamos formando uma camaradagem. Dessas que nascem casualmente em um bar, ou nos vestiários de algum clube. Onde dois homens que mal se conhecem discutem o comportamento de determinadas ações na

Bolsa de Valores e daí passam a comentar com naturalidade os prós e contras de serem chupados em um banco de carro em troca de algum dinheiro.

— Foi lá que soube que ela tinha se matado — não consegui deixar de completar. — Por uma amiga que continua morando na pensão.

Houve um silêncio, como se tivéssemos chegado a um impasse. Talvez por termos falado muito e pouco ao mesmo tempo. Coube a mim rompê-lo. Não tive como deixar de fazer uma segunda pergunta, a mais importante da tarde no que me dizia respeito. E dessa vez fui direto ao ponto:

— Por que eu? Por que se abrir logo comigo?

Sua resposta não tardou — e me surpreendeu por sua singular simplicidade:

— Porque você me procurou.

Mas logo emendou, no tom de quem voltara a falar a sério:

— E porque a vida não passa de uma sucessão de decisões rápidas. Uma puta, um aceno, uma parada no Aterro, uma braguilha aberta, um dinheiro que troca de mãos, um reencontro dias depois, uma pensão, um caderno...

— Um diário... Um livro...

— ...um jornalista que de repente bate a minha porta. E que, com a morte dessa mulher, passa a ser o único elo com essa fase de meu passado.

Olhou com um semblante de tristeza para seu charuto apagado. E prosseguiu com um suspiro:

— Um passado recente que se tornou distante, quando eu era uma outra pessoa. E tinha uma vida normal.

Sem maiores expectativas, a não ser escrever. Como você. Porque você quer escrever, não é?

A algum lugar estávamos chegando.

— Uma fase que antecede a minha mudança de vida, a minha fortuna, aos prédios que ando construindo pelo Rio de Janeiro afora e que ainda construirei em Brasília, onde já ganhamos três concorrências.

Permitiu-se aqui um novo sorriso.

— E agora me aparece você. Você e sua curiosidade. E é por isso que eu decidi te receber. Não foi por outra razão. Não há no mundo quem tenha tido acesso a essa fase de minha vida. Fora nosso delegado. E ele já não conta. Deixou há muito de se ocupar de mim.

Aqui sentiu necessidade de baixar um pouco o tom:

— Pode ser que seja uma loucura minha, também. Uma bobagem... Mas fico achando que não. Não durmo bem à noite. Tenho pesadelos.

O comentário nos envolvia em uma intimidade que eu estava longe de desejar. Não via muito sentido em sua história, além do mais, que não tinha um começo definido e não parecia trazer em seu bojo um fim.

— Imaginei uma coisa antes de te conhecer, quando José Eduardo me falou de você no restaurante do Jockey. E outra quando te conheci. As tais decisões rápidas... Tomei uma delas ao escutar tua historinha há pouco.

Historinha...

Terminara seu uísque e agora olhava para o copo vazio. Charuto apagado, copo vazio, o sol se pondo.

— Deixei você falar sem te interromper. A Lapa, o delegado, a mulher, o diário... Por alto, José Eduardo já

tinha me avisado do que se tratava. Ele gosta muito de mim. Você sabe por quê?
– Não.
– Ele não comentou contigo?
– Não.
– Porque descobriu que eu nasci no dia 17 de julho de 1928.
– E...?
– É a data em que o *Diário Carioca* foi fundado. Você deveria saber disso. O jornal dele. Seu jornal...

Nosso jornal, pensei, reconfortado com a lembrança. Como se ela me protegesse e me fizesse recordar das razões que me haviam levado até aquele escritório. Mas João Oswaldo já seguia em frente:

– Ele tinha me avisado do que se tratava... – repetiu. – Mas daquele jeito dele, me cutucando, na fronteira do desafio. Para me predispor a te receber, sem que isso viesse depois a atritar nossas relações. Um pouco como quem se refere a uma brincadeira sem consequências.

Outro cavalheiro em nossa Távola Redonda, o velho Macedo Soares. O mais graduado entre nós, considerada sua idade e projeção social. Seu brasão brilhou na sala por um instante. Como para relembrar que, em nosso meio, nada haveria que nos maculasse. O que não significava que não tivéssemos que enfrentar obstáculos e, se de todo possível, superá-los.

– Só que essa história tem consequências – ele observou. – Bem além das que você supõe.

O tom não soara ressentido ou agressivo. E foi tranquilo que prosseguiu:

— Confesso que apreciei tua versão dos fatos. E que, pela via de tuas emoções, registrei o desprezo. Por mim, pelo episódio todo. E não desgostei da sensação. Ela me fez sentir vivo. Como há muito não me sentia. Você reconstituiu à perfeição o que ocorreu. Como se tivesse acompanhado meus passos. E, sobretudo, se debruçado sobre a revolta dela. Mas nem de longe viu tudo. Atrás de uma história sempre existe outra.

Nova pausa. Para respirar fundo dessa vez. E anunciar o que ainda viria:

— Se você estiver interessado, conto. Mas é coisa de deixar a trama do diário longe. Você estaria interessado?

Omitira a verdadeira pergunta: *posso confiar?* Mas foi rindo que respondi:

— Já ouviu falar de um repórter sem interesse por uma história?

— Mesmo que ela envolva um crime?

— Sobretudo se ela envolver um crime... — respondi no ato. — Um crime que explique...

Acendi meu primeiro cigarro da tarde. E ele, uma vez mais, soube aguardar.

— ...a razão de você estar tão ansioso.

E, antes que ele reagisse, emendei com a empáfia dos jovens:

— Porque você me parece muito assustado.

Sua resposta me surpreendeu:

— Estou sobretudo cansado...

A hora de mudar de bebida havia chegado. Apontei para o bar em sua estante:

— Acho que agora eu te acompanharia no uísque.

Ele acolheu a ideia com alívio. Mas, antes de nos servir, deu uma olhadela no relógio. Imobilizei-me em meu assento – seu gesto me decepcionara. Teria um compromisso? Que o impedisse de me dedicar um tempo maior de sua atenção?

Logo agora que as coisas estavam ficando interessantes..., ainda pensei. Ou a consulta ao relógio era parte do jogo? Sua maneira de relembrar que cabiam a ele as iniciativas? Entre elas administrar o tempo? E que a mim restava o papel de coadjuvante?

O certo é que me senti como uma criança a quem se acena com o fim dos prazeres da noite. Foi essa sensação pinçada da infância que bateu em mim de forma vívida. E me manteve imóvel em meu assento, enquanto ele cuidava de nossas bebidas.

Ou eu abria o olho para o que sucedia, ou me deixava capturar na teia que vinha sendo tecida a minha volta. Optei pela segunda alternativa. Até porque estava gostando de me deixar enredar naquela história, que de repente parecia disposta a alçar voo. Um crime deixava-se entrever pelo filtro do mistério. Recordei-me da fórmula dos cinco W, trazida dos Estados Unidos para nosso jornal pelo primeiro grande editor do *DC*, Pompeu de Souza, e que revolucionaria a imprensa brasileira: *who, what, when, why, where*?

Ao regressar do bar, João Oswaldo trazia dois copos com gelo em uma das mãos e a garrafa de uísque na outra. Ousei então um pouco mais – e pedi soda. Estava à vontade em sua presença, como se realmente fosse seu igual. Esse milagre ele lograra. Dois cavalheiros se preparavam para investigar o passado de um deles, tomando um uísque ao anoitecer, o meu com gelo e soda. Só faltava uma música de fundo. Foi quando ele perguntou:

— Você gosta de Nat King Cole?

5

— Meu pai e meu tio nunca se deram bem. Desde crianças, pelo que entendo. Meu pai era advogado, meu tio nem se formou. Só comprou seu diploma de engenheiro quando já tinha erguido três prédios em Copacabana, como mestre de obras. Três prédios daqueles baixos, que ainda estão lá, perto do cinema Roxy. Construídos nos anos quarenta. Aí ele não parou mais. Hoje, a cada três placas de obras na orla marítima da Zona Sul, uma é nossa. *Albuquerque Construtora...* Mas meu pai nunca deu folga, sempre ficou em cima dele, às voltas com seu papel de irmão mais velho. A diferença de idade entre eles era grande, uns dez anos. Criticava suas roupas, ria de suas opiniões sobre assuntos variados, e até ironizava a maneira com que ele se comportava em ocasiões sociais. Meu tio se vingava me oferecendo dinheiro por debaixo da mesa. Ele passou minha infância e adolescência tentando me corromper, só para provocar meu pai. Quis me colocar na construtora quando meu primo começou a estagiar na empresa. Coitado do meu primo. Eu gostava um bocado dele. E ele de mim...

Estávamos no segundo uísque, meu terceiro contando o do bar da esquina. João Oswaldo acendera a luz de um abajur a nosso lado. O restante da sala permanecia imerso na penumbra. Mas as luzes de Niterói brilhavam ao fundo da baía, com direito a um ocasional pisca-pisca vermelho de aviões que pousavam no Santos Dumont. Havíamos descoberto uma paixão comum pelo *jazz*. E, de Nat King Cole, tínhamos passado sem escalas para Charlie Parker. E ele então me falou dos bares que frequentava na Zona Sul.

– Você conhece o Bottle's?

– Vou muito lá. E ao Manhattan também. Meu melhor amigo é colunista de *jazz* no *Diário Carioca*...

– Vou te apresentar a um pianista de Niterói que conheci outro dia – ele interrompeu. – Um cara chamado Sergio Mendes. Está tocando no Bottle's. O sujeito é ótimo.

– Existe vida inteligente do outro lado da baía... – comentei por meu lado.

Não estava muito certo de querer sair com João Oswaldo, para ouvir *jazz* ou qualquer coisa. Tive, além do mais, a sensação de que seus relatos iam aos poucos nos afastando da prostituta e seu diário. Parecia interessado em me atrair para o olho mais pessoal de seu ciclone. Mas, tranquilizado pelo tempo que ele decidira dedicar a minha pessoa, ia acompanhando, entre palavras e pausas, o andamento de nossa conversa, todo feito de aproximações e recuos, que se encadeavam em contraponto às baforadas de seu charuto. Anotava uma coisa ou outra, mentalmente, mas esses registros se perdiam ao sabor da música.

Descobrimos alguns conhecidos comuns. Não muitos, pertencíamos a gerações distintas – doze anos faziam diferença. Mas vínhamos de um mesmo meio, pois a riqueza que caíra em seu colo era recente, e ele a ostentava com dificuldade, como quem veste um terno grande demais para seu corpo.

— Meu primo morreu por culpa minha... — ele deixou escapar de repente.

Falara como se estivesse colocando em cena um detalhe menor.

— O crime? — perguntei brincando.
— O crime... — ele respondeu em voz baixa.
— Praticado por...? — indaguei sem coragem de prosseguir.

Ele sorriu com uma tristeza infinita, antes de responder:

— Praticado por sua amiga — suspirou.

Mas falara como se tivesse sido por obra dele.

Beber de estômago vazio tinha suas vantagens. Deixava-me vagamente tonto, franqueando-me determinadas percepões a que de outra forma jamais teria tido acesso. Uma sorte só ter comido um sanduíche a título de almoço na redação do *DC*. Nesses pensamentos me segurei, para não tropeçar no tranco que João Oswaldo acabara de dar em sua história.

— Pela mulher? — insisti, quando me refiz da surpresa

E ele me contou sua saga. Foi aí que tudo que me dissera fez sentido — e o absurdo se fundiu à normalidade Obedecendo a uma lógica perversa, em que peças incompatíveis se encaixam umas nas outras de forma harmoniosa. Expondo à luz cenários nos quais a miséria e a carga de sofrimento são moedas correntes, que levam vítimas e malfeitores a mergulhar como sonâmbulos em seus respectivos abismos, sem saber ao certo como ou por quê. O pesadelo seguira essa lógica implacável.

João Oswaldo emprestara seu carro ao primo, que não tinha carteira. Dias antes, falara-lhe casualmente da mulher da Lapa, sem imaginar que o rapaz tomaria aquele rumo.

Quase um ano já se tinha passado desde que se apropriara do caderno da prostituta. Mas ela não o perdoara. Reconhecera o carro, um Buick vermelho, e a placa. Na escuridão, confundira o jovem com o homem que lhe roubara o diário. E por quem nutria desde então um ódio cego.

Estava drogada, ainda por cima. Uma noite chuvosa. Cortara a garganta do rapaz com sua navalha, sem se dar conta do que fazia. E ateara fogo ao carro com o menino dentro.

Dias depois, a mulher dera com uma foto de João Oswaldo no enterro do primo. O artigo não dava margem a dúvidas, e o retrato granulado da vítima expunha o trágico erro. Decidira ir à missa de sétimo dia. Na saída cruzara com João Oswaldo. Este nem a reconhecera. Mas ela lhe entregara uma carta e desaparecera entre os passantes. Naquele mesmo dia, cortara os pulsos.

Era muita história para uma noite só, regada a um álcool que já passara dos limites. Deixava para trás, com folga, os dramas cotidianos da cidade grande. Mas tinha um defeito: chegara a mim de forma excessivamente compacta. Em contraste, pelo menos, com a narrativa sinuosa e fragmentada que me fora servida até ali de modo pausado e até sereno.

A noite caíra. Quando ele acabou de falar, só consegui perguntar:

– Mas... Mas e o pai dele? Seu tio?
– Teve um derrame meses depois. Não resistiu ao baque da perda do filho. Um dia vivo, grande, forte, ocupando todos os espaços que lhe correspondiam em seu final de adolescência. No dia seguinte *nada*. Tinha desaparecido, volatilizado. Só restaram ossos calcinados e cinzas. No enterro ele coube numa caixa. Um caixão enorme e, lá dentro, uma caixinha.
– Mas... – voltei a insistir – e o crime? Ficou por isso mesmo?
– Ficou. Nunca se soube o que realmente aconteceu. Nenhuma prova foi encontrada. Nenhuma testemunha. Meu tio, por seu lado, estava interessado em evitar um escandalo em torno do assunto. Talvez temesse a hipótese do suicídio. Meu primo perdera a mãe ainda menino e, como todo adolescente, era dado a depressões. O que sobrou do carro foi encontrado ao lado de um caminhão, que também pegou fogo. No inquérito policial constou a versão do acidente. Para eles, e até para meu tio, que outra explicação poderia haver?

Por meu lado, nada mais restara a não ser registrar o óbvio:
– Pesada, essa tua história – murmurei.

Mas ele nem me ouviu:
– Na pensão, na única vez em que estive lá, ela me ofereceu heroína. Havia heroína no Rio de Janeiro naquela época, mas a droga só circulava no morro, nos prostíbulos e, mais raramente, entre músicos. Eu recusei, nunca fui de me drogar, sou mesmo chegado à bebida. Mas vi quando se injetou, senti que gostava da coisa. Ela viajava... Talvez por isso fizesse tão bem o

que fazia. Foi no que pensei quando ela se deitou na cama e me chamou com um gesto. Na heroína e naquele prazer solitário. Mas nessa noite me contou que também gostava muito de escrever. *Escrever?* – eu perguntei, enquanto me abotoava. Foi aí que abriu uma gaveta e me mostrou o diário. Seus olhos brilhavam quando acariciou aquele caderno. Acho que até riu de prazer. *E eu...* Quando ela deu as costas...

A exemplo do que sucedera à tarde, a prostituta voltara a se sentar entre nós. Só que, agora, na companhia do primo de João Oswaldo. Éramos quatro naquela sala tomada pela tristeza e o arrependimento, quatro entes perdidos. Meu anfitrião se antecipou a minhas perguntas:

– Meu primo era bem mais jovem do que eu. Teria sua idade hoje. Que idade você tem?

– Vinte e dois.

– Ele teria uns vinte. Tinha dezessete quando morreu. Mas era grande para sua idade. Grande e encorpado. Saiu ao pai, volta e meia usava minha roupa. Gostava de um paletó de camurça que eu comprara em Buenos Aires. Morreu com o paletó. E eu só percebi quando dei por falta dele.

Calou-se por um momento.

– Meu tio era parrudo, tinha um físico de operário. O pobre perdeu vinte quilos em um par de meses e daí não se recuperou mais. Era louco pelo filho.

Sua história me empurrava palavra a palavra rumo à porta de saída. Tive na realidade vontade de me levantar e deixar a sala. Não se tratava tanto de opressão – sentia-me um intruso. Detentor de um segredo de que não desejava ser parte.

Mas João Oswaldo não dava sinais de parar. E muito menos de querer me largar. Eu me transformara em sua tábua de salvação. Ocorreu-me que aquela breve consulta ao relógio nada tivera a ver com outros planos. Olhara para o relógio como quem respira fundo antes de se entregar a uma travessia. Restava-me encolher em meu assento, abraçado à memória de um projeto de reportagem, e observá-lo dando forma a seus pensamentos.

– Com nossa diferença de idade – prosseguiu ele –, meu primo se portava um pouco como um irmão caçula. Não faltava quem achasse que éramos mesmo irmãos. Ele era muito ligado a mim. E, como levava uma vida meio severa, considerando a fortuna do pai, ou talvez por causa dela, e já estagiava na construtora, eu acabava sendo sua única válvula de escape. Tinha alguns amigos de escola, mas era comigo que ele ia sabendo das coisas. Fui eu quem o levou a seu primeiro puteiro. E fui eu que falei pra ele da mulher da Lapa. Ele ficou fascinado. Mas como é que eu podia imaginar que ele fosse tomar meu carro emprestado e...

Aqui precisou fazer mais uma parada. Era demais, até para ele.

– Isso acontecia às vezes entre nós, essa coisa do carro... Como é que eu podia imaginar...

Repetia-se. Olhou-me de frente, como um cego atento à opinião de seu ouvinte. Depois juntou meu copo vazio ao dele e regressou ao bar. Tive a sensação de que, dali, eu só sairia de maca.

João Oswaldo se esqueceu da soda ao regressar. Levantei-me para buscá-la e ele por pouco me reteve com um gesto. Mas me pediu desculpas quando se deu conta do engano, bem a sua maneira:

– O diabo é que não tenho nem um amendoim no escritório.

– Não faz mal... – respondi. – Depois a gente desce e come qualquer coisa no Amarelinho.

Uma saída, a única que me ocorreu. Descer para comer algo não significava abandoná-lo à própria sorte. João Oswaldo fez que sim com a cabeça. E passou a mão pelos cabelos, desgrenhados àquela altura. Mas não se moveu da poltrona. Limitou-se a dar um gole em sua bebida. Quanto a mim, sonhei em rever no Amarelinho os colegas do *DC*. Porque muitos, ao final do expediente, deixavam a redação na Praça Mauá e vinham subindo a Rio Branco, paletó no ombro, trocando ideias sobre política ou futebol. Era do que eu precisava: política e futebol. Muita política e futebol.

– Saúde! – disse então, no embalo dessa expectativa gloriosa.

E acrescentei:

– Você não teve culpa.

Uma estupidez, claro. Mas foi o que consegui dizer. Ele nem ouviu, ocupado que estava em se fustigar:

– E ainda fiquei rico no lugar dele. Meu tio largou tudo, desapareceu da construtora. Depois, teve o derrame. Passei a me ocupar da empresa, primeiro com meu pai, depois sozinho. Fiquei rico, nem tenho o que fazer do dinheiro. Meu primo morreu afogado no próprio sangue e carbonizado em meu lugar. E eu fiquei rico no lugar dele.

Pegou nas mãos o diário que permanecera aberto a meu lado.

– Tudo por causa deste diário.

– Tudo por causa *deste livro* – corrigi, passando-lhe o exemplar que ele retirara havia pouco de sua estante e que pousara no braço do sofá.

– Com certeza – ele reconheceu. – Com certeza.

Estava disposto a admitir tudo o que eu quisesse. Só que eu não tinha mais nada a dizer. O que se passara entre nós chegara ao fim. E não havia de onde retirar mais ideias ou palavras. Duro pensar que, na base de tudo, existira uma obra de arte – e que eu a tivera em minhas mãos. Nada mais restando a fazer, ou a dizer, fomos comer no Amarelinho.

6

Foi assim, no embalo dessas lembranças, e de uma infinidade de outras mais, que compareci ao enterro de João Oswaldo Albuquerque no Mausoléu dos Imortais que a Academia Brasileira de Letras mantém no Cemitério São João Batista. Exatamente meio século – ano por ano, mês por mês – transcorrera desde a tarde de julho de 1962 quando eu o conhecera em seu escritório e ele me fizera herdeiro de sua história. Nunca deixei de pensar naquele encontro sem associá-lo a uma armadilha que o destino me pregara. A sensação de que algo de incomum se produzira ao longo daquelas quatro horas permaneceria comigo pelo resto da vida. E em certa medida nortearia os termos da relação que acabaríamos compartilhando dali em diante, que foi rica e singular ao mesmo tempo. Mas não pelas razões que em geral evocamos ao passar em revista os elos que nos amparam, sejam eles de afeto ou formação.

O *Diário Carioca* fora à falência em 1965, deixando saudades que até hoje levam muitos às portas de uma genuína emoção, o que é mais do que se poderá dizer dos jornais de hoje quando por sua vez desaparecerem. Eu passara então para o *Diário de Notícias*, onde fizera matérias variadas e vez por outra substituíra o crítico de cinema em suas ausências. Respondia também pela cobertura de música popular e literatura no *O Jornal*, dos Diários Associados, em geral por meio de matérias de divulgação. Mas foram tamanhas as coisas que ocorreram em minha vida de lá para cá, tanto no plano profissional quanto no pessoal, que prefiro, por ora, me deter em João Oswaldo. Sobretudo porque um funeral representa sempre um excelente ponto de partida para reminiscências de todo tipo, talvez pelas inevitáveis especulações que tendem a florescer por entre os túmulos, e que nos mergulham em devaneios variados, pago o pedágio à baixa filosofia.

Volto então ao enterro de meu parceiro e, em particular, a um pormenor curioso. Deu-se quando, encerradas as cerimônias fúnebres, vi a distância uma mulher que recebia os pêsames dos presentes. Soube tratar-se de *Frau* Binker, a governanta alemã que atuara como dama de companhia do acadêmico. Imaginei assim que a respeitável senhora talvez tivesse preenchido funções relevantes em seu lar, quem sabe na qualidade de companheira do falecido na reta final de sua vida. O curioso é que, considerando-se a natureza de minhas relações com João Oswaldo ao longo dos anos, eu não tivesse tido a oportunidade de conhecê-la. Não que se trate de um dado notável ou digno de registro a esta altura, mas são coisas que nos vêm à mente quando sepultamos amigos ou conhecidos que de alguma maneira marcaram nossas vidas.

E João Oswaldo marcara a minha. Não foi à toa que recorri à palavra pacto para definir o que se passou entre nós naquela tarde e princípio de noite. Ao se abrir para um jovem de vinte e dois anos da forma como o fez, cedendo à pressão do drama que vinha administrando a duras penas – e ao assim agir na encruzilhada inicial de sua trajetória empresarial –, ele de certa maneira se colocara por inteiro em minhas mãos. Mas, detalhe importante, sem me dar condições de passar adiante o entulho que compartilhara comigo. Condenara-me ao silêncio pela mais simples das razões: o peso de trazer a público informações que fariam sobretudo mal a terceiros – no caso, seu velho tio já destruído pela dor –, além de seus pais, que ainda viveriam por muitos anos. Sem nada obter em troca de moralmente justificável.

Havia, é certo, a questão da estupidez que praticara ao roubar o diário. Mas até esta, se tomada apenas em si, como um gesto irrefletido de um bêbado, representava uma molecagem que dificilmente poderia ser vista como responsável pela tragédia a que dera origem. Fora seu estopim, sem dúvida, seu elemento catalisador, mas forças temíveis já vinham cozinhando no caldeirão daquela pobre mulher, como atestava o desespero de seu diário.

Restava então o plágio, a apropriação intelectual de uma obra de arte, força motora que pusera em marcha o pesadelo que a todos vitimara. Mas, em face da desgraça com que João Oswaldo se deparara, até esse fato acabou assumindo a meus olhos uma dimensão menor. Entrou na coluna de seus defeitos estruturais, origem primeira da luta desigual que travava em bases permanentes com sua consciência.

Esse conjunto de razões me manteria de mãos atadas para divulgar, no todo ou em parte, algo que vinculasse João Oswaldo a sua tragédia. Em compensação, o elo que passou a nos unir se tornou indissolúvel. Não porque me devesse algo. Ou porque de alguma maneira "estivesse em minhas mãos", no sentido torpe que se dava à expressão no meio da imprensa na época. Não, a seriedade de que havíamos ambos dado prova, ele em sua catarse, eu ao administrar seu desamparo, nos colocara ao abrigo de tais cenários.

Mas se era verdade que, em um plano, ele nada me devia (afora gratidão por tê-lo ouvido), também era fato que, em outro, eu me tornara credor de algo indefinido – porque abstrato. Daí que João Oswaldo me franquearia doravante, tacitamente, seu universo pessoal. Por turvo ou melancólico que pudesse a meus olhos se apresentar.

Ele jamais teria, para mim, qualquer segredo. E a cada nova encruzilhada de sua vida, a cada guinada do destino, fosse ela boa ou má, honrosa ou vergonhosa, ele me procuraria. Para, segundo o caso, comentar, desabafar, exorcizar. Foram esses os laços que mantivemos ao longo de muitas décadas: o de pessoas que, tendo sobrevivido a uma chacina, ele como vítima, eu como confidente, encontravam-se vacinadas contra males menores – e podiam então tudo se dizer. Ou, em meu caso, tudo escutar.

Um papel que jamais busquei e que evitei até onde pude. Mas que só fui entender em anos mais recentes. Porque há dimensões nas quais nos deixamos envolver que se revelam em sua plenitude apenas com o passar do tempo. Tornei-me assim uma espécie de consciência física – visível e palpável – de João Oswaldo.

Em troca, ele me franquearia todo um patrimônio de fatos e especulações a que tinha acesso, ou de que era parte, abastecendo-me com um material que fui registrando em meus artigos e reportagens. Um material que terá feito de mim um dos mais bem informados jornalistas de minha geração, não tanto por méritos meus, mas por me valer de um corte transversal da sociedade brasileira no que ela teve de mais controvertido naquelas décadas. Como o próprio João Oswaldo disse certa vez sobre si mesmo: *"Não cheguei a ser o grande escritor com que sonhava, mas me transformei em personagem. De bastidores, seguramente. Mas personagem."*

Isso ele foi. E, nessas condições, me proporcionou algo maior do que sua pessoa, maior até do que nossos sonhos e pesadelos: minha imersão nas sombras que se abateriam sobre o país.

Nosso país... Não a entidade abstrata que em geral confundimos com os conceitos de pátria ou nação. Mas a seara conhecida apenas de nós mesmos, na qual operamos em nosso dia a dia, que vai da feira onde compramos nossas frutas e verduras aos bares onde circulamos, dos parceiros com quem nos casamos (ou de quem nos separamos) às redações de jornais e clubes empresariais que frequentamos, dos burocratas do serviço público que nos atormentam aos médicos que, para nossa perplexidade, vão ficando cada vez mais jovens. Mas, também, o país em cujo perímetro pessoas morrem ou desaparecem – e no qual os amigos já não telefonam, limitando-se a cruzar a rua se nos descobrem em alguma esquina. O país que fugiu ao meu controle, em suma, porque nele me perdi.

7

Decorrida uma semana do enterro de João Oswaldo, o telefone tocou em meu apartamento. Recebo raras chamadas hoje em dia, em geral de vendedores. Ou de Pedro, meu filho, para se certificar de que passo bem e tomei meus remédios.

A voz, de mulher, era desconhecida e cavernosa. Vinha carregada por um forte sotaque.

– Meu nome é Marlene Binker... – ouvi do outro lado da linha.

Frau *Binker... A dama de companhia...*

Sentei-me junto ao telefone. Era como se João Oswaldo estivesse me convocando do além. Talvez pela pronúncia, que remetia a um mundo tenebroso, dominado por hunos e visigodos.

– Boa tarde, *Frau* Binker... – limitei-me a responder.

Seguiu-se uma pausa. Aquele *Frau* a perturbara. Eu acabara de equilibrar o jogo, neutralizando, com uma simples palavra, a surpresa de que pudesse ter sido alvo com sua chamada.

Porque se algo aprendera com João Oswaldo ao longo dos anos, era que, em nosso meio, as relações quase sempre se processavam em um contexto lúdico

"*As pessoas têm segredos*", ele dissera. "*Empresários que compram, políticos que vendem, pilantras com acesso a pareceres danosos, funcionários de segundo escalão de olho no primeiro, amantes que manipulam emoções ou fatos. O combustível é a informação. Ou a desinformação. Seu cacife é que te permite comprar ou vender.*" E, diante de meu silêncio, ele continuara, entre dogmático e sedutor: "*Eu posso ajudar. Você quer que eu te ajude?*" Para variar, abrira mão de minha resposta. "*Comigo do lado você tem banqueiro. Deixa de ser repórter, vira jornalista. Com o tempo, colunista. Daí a se transformar em fonte de referência nacional vai depender.*" E, como eu continuasse mudo, ele concluíra: "*Mas anote bem: é de um jogo que se trata. As fichas vão do interesse à cobiça, da glória ao perigo. Por vezes, do perigo à morte.*"

Estupendo maestro, como de hábito, faltaram-lhe apenas o traje e a batuta. De Pixinguinha a Wagner, desfilara partituras que iam da poesia ao drama. Restara, da lição, seu núcleo prático: *equilibrar o jogo, fosse qual fosse o contexto, era essencial*. Como eu acabara de fazer com minha interlocutora – que logo acusou o golpe:

– Marlene – ela insistiu. – *Marlene* Binker. Nós nos vimos na semana passada. No São João Batista.

O falecido, reduzido às proporções de referência, deixava a cena sem ser citado. Fosse esse um seriado de rádio, permaneceríamos os dois no ar, às voltas com nossos respectivos microfones.

– E em que posso...

– Encontrei seu núme*rr*o na caderneta de telefones dele. Mas não tenho seu ende*rr*eço.

Achei graça em seu núme*rro* e ende*rr*eço. E foi com um sorriso de expectativa nos lábios que esperei a sequência. Mas ela não veio. O silêncio logo se tornou desconfortável.

— A senhora tem um lápis? — indaguei gentilmente.
— Tenho.
E anotou meus dados. Só então esclareceu:
— João deixou um envelope para o senho*rr*.
— Um envelope?
— Uma...
Nova pausa, atrás do termo que descrevesse com precisão formato e tamanho.
— ...uma sobre*carrrta*.
— Ah, ótimo. Mas a senhora não prefere que eu mande buscar? Ou passe em sua...
— Não!
Peremptória, *Frau* Binker. As despedidas também foram breves. Nada mais me restava a não ser aguardar. Foi o que fiz, sabendo muito bem o que aguardava. No fim da tarde o porteiro interfonou:
— Tem uma encomenda para o senhor aqui. Quer que suba?
— Quem deixou?
— Um rapaz.

O mundo no qual circulava não acomodava, de havia muito, espaços para surpresas. Por falta de curiosidade de minha parte. Meu tempo passara, tornando-me irrelevante. Uma sensação que não chegava a ser de todo má. Se pressionado, diria até que ela se revelava confortável. Era como viver em um estado de neutralidade com respeito a pessoas ou valores. Não, propriamente, indiferente. Nem desprovido de uma capacidade mínima de indignação. Algo equidistante. Um oásis. Meu único problema, hoje, eram os pesadelos. E contra eles nada podia.

Seria possível escrever o que quer que fosse a partir de um vácuo a um tempo sereno e sobressaltado? No qual as emoções, apesar de tudo, encontrassem espaço para aflorar? Pois era essa a questão com que me depararia em alguns momentos mais. Por cortesia de João Oswaldo, como de hábito. A sugestão derradeira: *lidar com nossa história*. A partir de algo que, ultrapassando os fatos, se situasse em um patamar distinto. No qual a melancolia se fizesse notar, mas sem pesar.

Deixei a noite cair. E ela tardou bastante. Dois longos uísques com soda e gelo, para dar uma forma ao tempo. Nesse intervalo, fui dominado por uma série de pensamentos desencontrados. Associados, alguns, a minha trajetória profissional; outros, a pessoas que tinham passado por meu caminho, mulheres sobretudo. Dois eixos cruzando um céu sem estrelas que me espreitava do outro lado da janela. Em ambos João Oswaldo fazia ocasionais aparições, ora como protagonista, ora como quem apenas é evocado.

Acendi então a luz e me sentei à mesa, a sobrecarta entreaberta a minha frente. Meio século havia passado desde que tivera o diário em mãos. Estava amassado e mais desbotado do que supunha. Imaginei que João Oswaldo se debruçara sobre seu conteúdo inúmeras vezes, como quem consulta uma Bíblia ou um Corão. Ou recorre a um fetiche. Eram páginas que, se algum perfume tivessem, cheirariam a álcool.

Junto, havia um bilhete. *"Até onde me lembro"*, ele rabiscara em uma letra que eu conhecia de perto, *"você não terminou essa leitura. No caderno...*" Como eu, ele distinguia uma obra da outra – ainda que, pelo que eu percebera na época ao inspecionar o diário, ambas fossem rigorosamente iguais.

E, de fato, meio século antes, eu deixara a mulher atracada ao caco de vidro com que cortaria os pulsos pela primeira vez. Não haviam sido poucas as tentativas, até que uma desse certo... "*De toda forma, não acredito que poderia deixar essa relíquia em melhores mãos.*" Vinha, em seguida, o pedido, colocado de maneira até delicada: "*Eu teria gostado, ao morrer, de levar meus cenários comigo. Como isso não é possível, e aí estão os faraós para comprová-lo, quem sabe você se ocupe deles? Dedicando-se à reportagem que jamais escreveu?*" Por fim, as três palavras que incomodaram: "*Adeus, meu amigo.*" E a assinatura: "*João*". Até o final ele me confrontaria a uma relação de afeto que, de minha parte, jamais aceitara de todo. Matizada, no caso, por um convite que remetia a nosso encontro.

João... Com essa intimidade a ele se referira Frau Binker. Teria a germânica senhora lido o diário e descoberto a impostura cometida por seu companheiro ou patrão? O que saberia de nossa história? *O que saberia – que eu já não soubesse?*

Nada, decidi. *Rigorosamente nada.* Marlene Binker representara um modesto papel no que não passara de um epílogo. Encarregara-se das providências funerárias associadas a João Oswaldo. Talvez por isso, acabara sendo a pessoa a quem as últimas homenagens haviam sido prestadas no cemitério. Uma vez sua missão cumprida, no entanto, partira. E, se deixara em cena um caderno, caberia a mim, agora, situá-lo em minhas memórias.

8

Meu apartamento fica em Laranjeiras. Moro no bairro desde criança, quando meus pais se deixaram encantar por nosso prédio, que na época havia sido construído pelo Banco do Brasil para seus funcionários, e que tinha um único imóvel à venda, no oitavo andar.

    O edifício está localizado em uma rua arborizada que, a certa altura, abre mão de suas calçadas e desaparece discretamente ladeira acima. Divido o espaço com uma velha empregada, que nos fins de semana me deixa a sós com dois pratos de comida na geladeira. Um dos últimos prazeres que me restam na vida, ficar em paz. Passo o fim de semana de *shorts* ou pijamas, arrastando minhas sandálias por um espaço que viveu muitas histórias, como tantos outros em nossa rua.

    Em meu caso, histórias que remontam à época em que nós, os três filhos, éramos meninos. Passam pelos tempos em que deixamos o lar paterno e cada qual tomou seu rumo. Para chegar, bem mais adiante, com a morte de nossos pais, à fase em que acabei ficando com o domicílio familiar. É meu vínculo amoroso com a cidade, para colocar as coisas no plano do afeto e da urbanidade. De minhas janelas vejo a rua mudar. Observo as casas da redondeza cedendo lugar a prédios, que já começam, eles também, a dar sinais de decadência. Por extensão, sinto o mundo se transformar a minha volta – mas sem sofrer com o processo. Basta-me acompanhar o que se passa em minha rua.

Se desço aos detalhes, é para situar o cenário em que a sobrecarta de João Oswaldo chegou a mim. Porque uma tal missiva não bate a qualquer porta. Requer uma moldura, dotada de formas e ruídos, cores e aromas, temperaturas e dimensões. Além de recuo.

Sobre o diário nada direi por ora. Naquele princípio de noite, sequer tive a curiosidade de percorrer suas páginas. Seria como remoer um passado que em nada iluminasse o presente. Seguramente evocaria sensações que, na velhice, preferimos evitar – de desconforto, revolta e dor. Coloquei então o caderno na última prateleira de minha estante. De onde irá para o lixo com minha morte, em alguns meses ou anos mais.

A menos que, na sequência do presente relato, o texto seja reeditado um dia sob o nome de sua verdadeira autora. Até que isso ocorra, porém, persistirá, entre essas duas narrativas – a minha e a dessa jovem mulher –, um elo singular. A costura que me leva a imaginar uma senhora que, se viva fosse, estaria hoje, como eu, na faixa amena e protegida dos idosos. E que, a par das tristezas que a acometeram ao longo de sua existência, também terá tido acesso a sua quota de alegrias, quem sabe na infância. Uma pessoa que nada soube de mim, talvez o único ser humano na face da terra que dela ainda se recorde. E que, de seu refúgio em Laranjeiras, se detém por um instante sobre sua memória tantas décadas depois.

Se João Oswaldo penetrara no reduto de meu lar de modo insidioso, valendo-se dos préstimos de sua derradeira *Frau*, e protegido pelo manto da própria morte, sinto-me livre agora, por meu lado, para associá-lo a uma recordação trivial. Porque pensei nele outro dia, pouco após seu enterro, folheando uma revista em meu barbeiro, quando dei com uma reportagem sobre a origem do controle remoto. Rico e cheio de novidades é o dia a dia de um pensionista. Controles remotos de televisão enchem uma manhã de inverno carioca, dando margem a especulações de todo tipo.

Lendo o artigo com atenção, aprendi que o aparelho data dos anos cinquenta e representou, em seu tempo, uma revolução tecnológica. (Atualmente, informava a matéria, existiriam quatrocentos milhões deles só nos EUA.) O que me interessou, no artigo, foi uma frase de Saul Bellow, cuja obra conheço de perto por ter traduzido um de seus livros. O escritor denunciava o controle remoto como uma invenção diabólica, por seu convite (dizia ele, "incessante e maldito") para mudar de canal e, com isso, *embaralhar histórias*.

João Oswaldo fora embaralhado por uma história. Ator e vítima ao mesmo tempo, perdera as rédeas de sua vida em um momento decisivo de desatenção – e pagara caro por isso. Dali em diante, porém, nunca mais cometeria semelhante erro. Mesmo porque, como alertava a revista, quem detinha o controle remoto se impunha – e se protegia contra as investidas alheias. (A reportagem falava de pessoas que os levavam para o banheiro, para se assegurarem de que seus programas continuariam nas telas ao regressarem. Relacionava alguns crimes, um deles seguido de mutilações atrozes, ocorridos entre casais por força da disputa pela maquineta.)

Uma bobagem tudo isso, bem sei, um assunto menor no cômputo geral das coisas. Mas a vida, quando não envolve tragédias, é sobretudo feita de bobagens – e dessas ilações mais corriqueiras vivo eu. É o que me restou. *João Oswaldo. Controle remoto. Televisão. Crimes. Uma rua que mudou. Um país que se transformou...*

Se João Oswaldo fora vitimado por sua história, eu não deixara de pagar um preço elevado ao dela me tornar herdeiro. Quem sabe então, cada qual a sua maneira, ele em um mundo, eu em outro, não pudéssemos revisitar os laços que nos haviam unido, trazendo certos enredos à tona para decantar em um caldeirão comum? Não fora o que João Oswaldo fizera comigo ao me introduzir em sua saga quando eu o visitara em busca de outra?

Por meu lado, menino esperto que julgara ser, jamais achara que perderia o controle de meu destino. Nem naquela tarde, nem no futuro. Por isso aceitei participar do que imaginei ser um jogo, confiante em minha estrela e em minha capacidade de sair de cena – chegada a hora. E essa hora nunca chegou. Ou chegou tarde demais.

Um drama faustiano, que se somava a tantos outros. Em meu caso, porém, produzido na mais grandiosa das escalas, estrelado que fora em um país em busca, ele também, de seus modelos. Minha geração, em contraste com a atual, teve a sorte – ou o infortúnio – de crescer em sintonia com as contradições de sua época.

Foram elas que estiveram na origem da relação que acabamos construindo, João Oswaldo e eu. Relação consolidada à margem de uma fortuna sólida e êxitos sociais de todo tipo, em seu caso – entre eles o da imortalidade literária. E, no meu, derivada do reconhecimento profissional de que fui aos poucos sendo alvo. Porque, se João Oswaldo se mantinha imerso em depressões variadas, com raízes em uma culpa da qual jamais se libertaria – e desse infortúnio extraía sua energia –, eu era impelido adiante por outro gênero de combustível. Não a fé, mas a onipotência que, em certa idade, move montanhas. E a certeza de que a verdade estava do meu lado. Quando, na realidade, ela permanecera trancafiada no cofre de meu mentor. Era um pouco como se nos mantivéssemos unidos por uma mesma maldição.

João Oswaldo esperava da vida uma absolvição. Por meu lado, eu nada pretendia além de um trampolim. E o do Brasil, em 1962, era olímpico. Pairava sobre o desastre que nos aguardava ao fundo de uma piscina vazia. João Oswaldo e eu representaríamos, assim, na modesta faixa em que operávamos – e cada qual em sua área de competência, naturalmente –, o microcosmo do que ocorria em grande escala a nossa volta.

Por vezes, para entender um país, basta ter acesso a um punhado de pessoas. Não que elas definam uma época. Mas porque acendem uma luz velada e peculiar em seus bastidores. Como fazem as caricaturas dos antigos jornais, os versos de sertanejos ou os retratos dos fotógrafos de praça. Em um singular instante, o país se revela por inteiro, em meio aos sinais anônimos que nos tocam por sua modéstia, e deixam entrever a inutilidade de certas pompas. O desafio consiste em laçá-lo nesse momento preciso. Um momento de desatenção. Não há outra maneira de se escrever sobre uma geração, a não ser tomando-a de surpresa no contrapé.

9

Duas semanas após nosso encontro, João Oswaldo me telefonou, convidando-me para almoçar. Sugeriu como local o Amarelinho. Foi sua maneira de retomarmos contato: regressar, dessa feita à luz do dia – e com uma agenda bem distinta –, ao cenário de nossa despedida. Teria o tempo transcorrido bastado para tranquilizá-lo a respeito de minhas intenções, já que, nesse intervalo, eu nada publicara sobre sua história?

Não sei. O fato é que, se pacto havia, chegara a hora de cuidar de seus detalhes. Tendo eu sido responsável pela primeira cena ao bater à porta de seu escritório, cabia a ele agora esboçar a segunda e, com isso, dar o tom que predominaria dali em diante.

João Oswaldo me aguardava em uma das mesas sobre a calçada. Levantou-se com um sorriso e apertou minha mão. Ao ar livre e em plena luz do dia, era outro homem. Seu terno de linho claro combinava à perfeição com tudo que a palavra leveza poderia evocar: final de manhã ensolarado, temperatura suave, pombos revoando na praça, mulheres rindo de braços dados, casais às voltas com seus enigmas, homens atracados a pastas circulando em passos ligeiros e, em contraponto, engraxates, mendigos e vendedores de amendoim.

Duas semanas antes, havíamos aportado naquelas paragens. Só que à noite, como navios fantasmas recém-saídos de uma espessa neblina após a tormenta enfrentada em seu escritório. Quando por lá arriamos nossas velas, encontramos, como eu havia previsto, alguns colegas de jornal – o que atenuou a sensação de claustrofobia que nos acompanhara. Em questão de instantes, João Oswaldo se revelara excelente companhia, encantando a todos com suas histórias ou apartes, garçons e vizinhos de mesa incluídos. Contribuiu muito para a boa impressão que deixou o fato de ter insistido em pagar a conta do grupo, um gesto contra o qual me bati solitariamente, mas em vão.

Se agora nos havíamos reunido no mesmo bar, tinha sido por uma razão distinta. E, a rigor, por uma boa causa: João Oswaldo desejava que eu o acompanhasse em uma visita à Biblioteca Nacional. Ele vinha, como empresário, liderando uma campanha para reformar em profundidade o histórico imóvel. E dera a entender ao telefone que o movimento em muito se beneficiaria do apoio de meu jornal.

O reencontro contava, assim, com sua pátina de legitimidade. O velho Macedo Soares, proprietário do *Diário Carioca*, até então surpreso com meu silêncio sobre a reportagem que lhe prometera, mas no fundo satisfeito com o fato de que *"nenhum coelho saíra daquela cartola"*, concordou em que eu fizesse a matéria sugerida. Vivíamos em época de exaltação artística, com o Cinema Novo e a Bossa Nova eclodindo, para não falar das manifestações teatrais e literárias que eletrizavam a todos, de modo que um artigo sobre a restauração da BN cairia bem nesse contexto. Respiravam-se cultura e política em ritmo de grandes ufanismos cívicos, em virtude da Copa do Mundo que acabávamos de vencer no Chile pela segunda vez. O país inteiro, espelhado em Garrincha, se reinventava de norte a sul, e, a oeste, Brasília, que acabara de celebrar seu segundo aniversário, luzia como o símbolo maior dessa grandeza.

Assim estávamos, às voltas com nossas sobremesas e aguardando o cafezinho. João Oswaldo me repassara as informações de que necessitaria para meu artigo, e que eu anotara em meu bloco. Na visita que faríamos a seguir, ele pretendia ilustrar os principais pontos da reforma a que aludira, detendo-se nas infiltrações do telhado e nos problemas relacionados ao mobiliário. Um fotógrafo do jornal já batera a chapa da fachada e agora nos aguardava nas escadarias do prédio para registrar certos detalhes. De modo que estávamos prontos para deixar o Amarelinho rumo à Biblioteca, quando João Oswaldo inclinou o corpo sobre a mesa e colocou a mão sobre meu braço.

Era um gesto que repetiria com frequência em outras ocasiões, a título de prenúncio de revelações que imaginava serem de meu interesse. No caso, falou-me de um político a quem desejava me apresentar:

– Um deputado federal de grande prestígio, apesar de jovem. Marquei com ele no saguão da Biblioteca.

Como eu demonstrasse surpresa, talvez porque o personagem de certa forma destoasse do cenário escolhido, ele se antecipou a minhas dúvidas. Só que a sua moda, agregando um primeiro indício do que ainda viria:

— Território neutro — sentenciou.

E foi rindo que apagou seu cigarro, antes de completar:

— Existem perigos contra os quais você pode se resguardar. E outros cujo alcance é imprevisível. Daí a importância de costurar alianças.

Se as gerações de hoje consideram nosso presente complexo (supondo que dediquem uma parcela de sua atenção ao problema), há meio século os desafios eram ainda maiores, embora nos pareçam hoje pueris. E nesse paradoxo reside o enigma que me interessa: o fato de que nossas circunstâncias de então, apesar de singelas, tenham tido consequências de tal forma desastrosas. Com sequelas que resistem à passagem do tempo.

Tendo pago a conta de nosso almoço, João Oswaldo se levantou e cruzamos a praça rumo à Biblioteca Nacional. A meio caminho, ele retomou o curso de seus pensamentos. A sua maneira, repassava-me ideias que julgava úteis a meu aprendizado:

— Não há nada mais complicado do que a época em que vivemos. O mesmo terão dito antes de nós nossos bisavôs, quem sabe com igual razão. E o mesmo dirão nossos netos a seus descendentes em meio século mais. O contemporâneo incomoda. É imprevisível e, com frequência, intimida. Pelo despreparo das lideranças em face dos desafios.

Permitiu-se uma pausa para se certificar de que me mantinha atento à relevância do que dizia, enquanto eu torcia para que um pombo algo produzisse das alturas que se somasse ao que lhe vinha à cabeça.

— Despreparo, em nosso caso, agravado pela anarquia que nos cerca. Como empresário, preciso lidar com isso.

Ao contrário de privilegiados como você, que podem se dar ao luxo de viajar a reboque dos acontecimentos, para depois analisá-los, não posso ser atropelado por eles.

Abandonou o tom professoral e riu:

– Ou pelos tanques.

Lado a lado, aguardamos o sinal de pedestres abrir. Foi a primeira alusão que ouvi, vindo de qualquer fonte, ao golpe militar. Se na época não prestei maior atenção à referência, dela me recordei ano e meio depois, ao dar com duas fileiras de tanques descendo a Avenida Presidente Vargas em direção ao Ministério da Guerra.

– Estamos metidos numa grande bagunça – ele prosseguiu. – Sem termos ideia do que vem por aí. O regime é parlamentarista porque os militares não aceitam Jango na Presidência sem um Primeiro-Ministro para controlá-lo. Jango ameaça realizar um plebiscito para se livrar da farsa que lhe foi imposta pelas Forças Armadas depois da renúncia de Jânio. E mobiliza as classes populares para pressionar o Congresso. Caos? Glória? No Nordeste as Ligas Camponesas se organizam. Brizola agita os operários e estudantes. A imprensa se polariza. Seu jornal não sabe para que lado correr. A Igreja se apavora. Vamos cubanizar o país ou apelar para os milicos? *Terror ou êxtase?*

De minha parte, convivia bem com a efervescência e só enxergava o êxtase. Era natural, eu mal completara vinte e dois anos. Encontrava-me bem distante da fase de nossas vidas em que as esperanças se calcificam para desaguar na apatia. O futuro, além do mais, não se limitava a resplandecer: brilhava. Mas sem dar a impressão de se esforçar.

Longe de um pesadelo que a muitos assustava, tudo que ocorria a nossa volta poderia até ser imprevisível – mas me parecia sobretudo normal. Ingredientes para nosso banquete era que não faltavam. Godard entrava com as imagens, Bob Dylan com a música, os textos de Mao e Guevara com...

– *Vamos!* – exclamou João Oswaldo. – O sinal fechou!

Em meu receituário faltavam apenas os ingredientes nacionais – os que definiriam o jogo em nossa parte do mundo. E esses existiam em quantidade, só que bem distintos daqueles que imaginávamos. Atravessamos a avenida de olho nos ônibus, cujos motores rugiam em nossos ouvidos.

– E o rapaz acenando lá no topo da escadaria? – ele indagou elevando a voz para encobrir o ruído. – É teu companheiro de jornal?

Momentos depois, com Antonio Rocha a tiracolo, fotógrafo e reporter do *DC*, além de meu grande amigo, ingressamos no majestoso prédio. No saguão um homem corpulento de terno azul-marinho nos aguardava

10

Talvez tenha sido a brilhantina no cabelo. Ou o bigode que, de tão fino, parecia pincelado sobre seus lábios. A mão que me estendeu tampouco ajudou, pois era mole e reteve a minha por um tempo no limiar do aceitável. O gesto não refletia insinuações de certo tipo, mas algo de pior: afeição. O jovem político precisava ser amado. E eu era da imprensa.

Regulava com João Oswaldo em matéria de idade, situando-se na faixa dos trinta. Alto e bem-disposto, vivia seus últimos anos de harmonia com o próprio corpo. Em um mandato mais, perderia controle sobre sua postura e se entregaria à flacidez. Enquanto isso não ocorria, porém, irradiava saúde e calor humano, propriedades que o levaram a ouvir com interesse as informações sobre o espaço em que nos encontrávamos, suas raízes históricas e importância cultural.

Já não me recordo como se chamava nosso companheiro de excursão. E se a História deixou de reter seu nome, não terá sido por falta de esforço de sua parte. Lembro que era pernambucano. Sorria cada vez que Antonio Rocha erguia a câmera em sua direção, ainda que as lentes focassem rachaduras nas paredes localizadas atrás dele. Não se furtou a confessar que se elegera deputado graças ao empenho e à fortuna do pai. Mas confiava em que circunstâncias distintas balizassem agora o seu destino. Reconheceu que raramente punha os pés em Brasília. Informou, a título de consolação, que mantinha um gabinete no Palácio Monroe, em sala ao lado à do senador seu pai. Que futuro poderia ter um deputado pernambucano no Rio de Janeiro depois da mudança da capital era um mistério sobre o qual preferi não me debruçar. Mas que, para meu constrangimento, logo se esclareceria.

O diretor da Biblioteca, avisado pela recepcionista, se juntou a nós. João Oswaldo conversara com ele ao telefone, mas era a primeira vez que o via pessoalmente. Já nosso político deu-nos a impressão de conhecê-lo de toda a vida, tamanhas foram as afinidades que demonstrou compartilhar com o cidadão. O que levou este último a trocar olhares inquietos conosco, preocupado em que as gentilezas de que era objeto encobrissem, ao final do encontro, um pedido de emprego para algum correligionário do ilustre visitante.

Inspecionamos de início o saguão, daí passando às salas contíguas. Depois de percorrermos o andar térreo, enveredamos pela escadaria. "Por aqui se notam melhor os problemas", declarou nosso guia. Imaginei que o deputado algo tivesse a ver com a liberação de verbas junto ao Ministério da Educação, a que a BN era subordinada. Mas em nenhum momento se falou de gastos ou orçamentos. Tive um primeiro indício do que ocorria quando o ouvi soprar ao ouvido de João Oswaldo: "*Vai dar para conversarmos?*" A reticência com que suas palavras foram acolhidas me fez ver que, se havia entre eles alguma relação de poder, era João Oswaldo quem ditava os termos.

    O diretor continuava a discursar, ora designando com o dedo um teto manchado com sinais de infiltração, ora se detendo com um ar entristecido diante de uma cômoda danificada. Falou-nos, também, de hidrantes bloqueados, escadas internas obstruídas e problemas no sistema elétrico. Enquanto Antonio Rocha batia suas chapas, João Oswaldo inclinava-se em minha direção em um contraponto silencioso, como quem dissesse *"Eu não te falei?"*. O deputado, por sua vez, limitava-se a nos seguir. Apesar de a temperatura se manter amena, abanava-se com o chapéu que trazia às mãos, do qual se valera com elegância ao nos cumprimentar na entrada, incorporando-o dali em diante a seu gestual. Há homens que produzem verdadeiras coreografias com sua linguagem corporal, valendo-se de um simples maço de cigarros e isqueiro, um cachecol ou um chapéu. Nosso pernambucano era um deles.

    A vistoria durou cerca de quarenta minutos e, para minha surpresa, excluiu a biblioteca em si. Ou seja, aquilo que, a meu ver, também poderia ter merecido algum tipo de atenção, o rico acervo de livros, gravuras, mapas e documentos – o maior da América do Sul em seu gênero –, foi omitido de nossa peregrinação. A conversa girou apenas em torno dos ajustes estruturais do prédio e de uns poucos temas periféricos. Recordo-me de ter ficado surpreso com o fato de que as publicações, e tudo o mais que lhes dizia respeito, tivessem sido alvo de tamanho silêncio. E que a ninguém ocorresse levantar a questão, por curiosidade que fosse.

O périplo terminou no gabinete do diretor, quando tomamos um café e tive a oportunidade de trocar com nosso deputado algumas palavras sobre a situação política do país, a que ele respondeu com amabilidade. O prazer que lhe dei de se expressar em ambiente tão solene era visível. Não se dirigiu propriamente a mim, mas às galerias e aos espaços que nos circundavam, ainda que estes se mantivessem remotos e vazios. Tinha a nostalgia dos grandes palcos, nosso parlamentar, isso ele tinha. Pena que, quando por fim se mudou para Brasília, chegasse tarde: dera com o Congresso fechado pelos militares.

A certa altura, o diretor se viu às voltas com um longo telefonema do MEC. O deputado e João Oswaldo sentaram-se então em um sofá próximo à janela, no qual puderam finalmente conversar a sós. Em dado momento, o empresário retirou um envelope pardo do bolso interno do paletó, que repassou ao parlamentar.

– Perdi o grande flagrante da tarde... – comentou em voz baixa Antonio Rocha, vendo o deputado embolsar a propina sem pestanejar.

O gesto que unira os dois comparsas fora tão harmonioso quanto natural, e o chapéu do deputado facilitara a transação, reduzindo o tempo de exposição do envelope a um instante fugaz. E o fato de que a cena se dera em meio a tantas primeiras edições enriqueceu ainda mais a pantomima. Como se João Oswaldo, ao dar sequência ao projeto de aliciamento de que eu era alvo, experimentasse um especial prazer em se desnudar na mais antiga de nossas instituições culturais.

Pois já não havia dúvidas, ele se expunha diante de mim. Seria esse, então, meu papel em nossa sociedade.

O de portar, mais do que uma vela, uma bússola na escuridão. Graças à qual ele pudesse avaliar de orelhada a extensão de seus desvios – e retornar a bom porto se fosse o caso. O momento vivido na biblioteca também sinalizara um derradeiro alerta: *se tiver de cair fora, caia já.*

Era o que eu deveria ter feito, se tivesse tido juízo. Mesmo porque João Oswaldo se desnudara diante de mim naquela tarde. Fez-me pensar nos *tarados*, termo em voga na época para denominar homens que, de repente, diante de mulheres atônitas, exibiam por dois lancinantes segundos um membro viril ereto. E, não satisfeito, chegara ao extremo de incorporar um fotógrafo a nossa expedição, que tudo viu e nada registrou, fora o aparte verbal com que me brindou – e que preferi ignorar.

Foi meu primeiro erro – e não seria o último. Como testemunha privilegiada que era, fechei olhos e ouvidos, endossando a encenação. Para não perder a compostura, porém, e quem sabe me consolar, busquei abrigo em uma virtude profissional: declarei-me curioso. Como se, ao investigar João Oswaldo, mergulhasse de máscara e pé de pato, não em um pântano, mas nas profundezas da alma humana.

Somente mais adiante, quando empunhei meus próprios charutos com desenvoltura semelhante à demonstrada por meus parceiros, e emiti baforadas dignas de veteranos, é que me deparei com a verdadeira natureza de meu desafio. Se até mesmo as fronteiras existentes nos mapas são ilusórias, o que dizer das que separam seres humanos?

11

Os anos se encarregariam de comprovar a justeza das previsões de João Oswaldo. No jornal, eu deixaria a cobertura de portas de cadeias e delegacias para me ocupar de assuntos variados e, depois de longa trajetória, chegar ao setor político. Quanto a ele, iria de construtor de edifícios a empreiteiro de obras públicas no interior do país e, daí, a participante bem-sucedido em concorrências no exterior, a princípio no Líbano, depois no Equador, finalmente em Angola. O primeiro empreendimento a que teria acesso em nosso país, porém, o que serviria de trampolim para os demais, seria uma barragem em Pernambuco. Para algo servira o encontro na Biblioteca.

Continuamos a nos rever, de forma cada vez mais regular. Imaginei que ele desapareceria de minha vida à medida que a história da prostituta se distanciasse de nós. Mas me enganei. Ou melhor, deixei de ver o papel que ele desenhara para mim a partir, justamente, do episódio que nos unira. Ele não temia a prostituta. Ao contrário, precisava dela. Para reativar periodicamente a bússola que implantara em mim. E para conferir uma aura de mistério a alguns de seus poemas, por sinal entre os melhores que escreveu.

Vez por outra, ele telefonava e me contava algo de seus negócios. Espreitava então as hesitações no tom de minha voz. Estudava meu silêncio, detinha-se em minhas pausas e reticências. Em troca, soprava-me uma notícia surpreendente, quase sempre um furo jornalístico relevante, que intrigava meu editor quando confirmado.

A sua maneira, mantinha assim a coleira em meu pescoço. E se eu não reagia às felicitações da chefia, que tudo ignorava de minhas fontes, era para me preservar. Limitava-me a encarar as pessoas na redação com um ar severo, que acabaria me envelhecendo precocemente. Mas que fez de mim um profissional respeitado junto a colegas e superiores, pois estes me imaginavam indiferente a elogios ou bajulações.

Os espaços foram se abrindo para mim na imprensa, justamente na época em que esta encolhia por coação dos militares. Qualquer prazer ou alegria que decorresse de meus avanços profissionais se fazia acompanhar da penosa sensação que me acometia – a de pisar em palcos cada vez mais intimidados. Alguns jornais eram empastelados pela repressão. Outros, dada a progressiva asfixia financeira de que eram vítimas, iam à falência. Quanto aos jornalistas, resistiam como podiam, dando demonstrações de coragem e altivez. Inevitavelmente, muitos foram aderindo ao esquema dominante. Entre eles, eu. Em um longo processo, do qual por vezes nem me dei conta. Como se de uma lenta metamorfose se tratasse – e eu dela tanto fosse vítima quanto agente.

Nessa encruzilhada se perdeu boa parte de minha geração. E não apenas meus colegas na mídia. Todo o funcionalismo público sofreu ou se ressentiu, além de, em maior ou menor grau, os professores e profissionais liberais. Um sentimento de mal-estar poluía o ambiente em que vivíamos. Ia do geral ao particular, dependendo do dia ou das circunstâncias. Ora era um Ato Institucional que restringia as poucas liberdades ainda vigentes, ora um companheiro que se via constrangido a se vergar diante de uma ordem que, em outros tempos, jamais teria cumprido. Entre esses dois extremos, fatos de arrepiar os cabelos iam se tornando a cada dia mais rotineiros.

Para mim, o episódio da Biblioteca Nacional representaria um primeiro indício dos vinte anos sombrios que iríamos enfrentar. Ali se juntaram, como embriões criados em laboratório, alguns dos ingredientes que ajudariam a dar forma e conteúdo à opressão que se abateria sobre o país: o empresário com a capacidade de corromper, o político disposto a forrar sua conta bancária, o burocrata preocupado com reformas periféricas, um acervo cultural vulnerável à degradação e, no que me dizia respeito, um jornalista conivente. Foi também contra esse gênero de pano de fundo que os militares tomaram o poder. Um dos muitos tapetes vermelhos estendidos para suas tropas teve seu núcleo em microcosmos semelhantes.

Na época, contudo, minhas reservas tinham-se limitado à pessoa de João Oswaldo. Detivera-me no *close-up*, perdendo de vista o plano geral. Deixara de ver o essencial: faltava a João Oswaldo a dimensão épica que até o mal exige, aquela que confere ao drama sua grandeza. Ele fora, de fato, protagonista de uma tragédia. Mas que diferença haveria entre ele e os políticos que o cercavam e o cercariam pela vida afora, se eram almas gêmeas às voltas com as mesmas patifarias? Não estariam ali apenas para encobrir a tempestade maior que já despontava no horizonte, e que logo se abateria sobre nós? Ao me concentrar em João Oswaldo, eu não fechara os olhos para o que ia aos poucos ocorrendo com o país?

A principal pergunta, porém, a que teria me levado a questionar minha função nesse melodrama, essa eu mantinha oculta. E se nela penso agora, é porque, com a remessa do diário, João Oswaldo me enviara uma fatura do além. A nota fiscal de minha vida... Pois o jogo do qual eu participara tivera um custo. A questão era saber se eu disporia de fundos para pagar a conta. E onde encontrá-los, senão em minha memória?

Ao nos debruçarmos sobre uma história de que tenhamos sido parte, torna-se difícil enveredar com isenção pelo caminho dos registros mais pessoais. No grande banquete literário que vai da poesia ao romance, do conto ao teatro, do ensaio à crítica, as memórias acabam sempre desempenhando o papel do convidado bêbado que estraga a festa. É autocentrado esse ator meio trôpego, em seu anseio permanente de dominar nossas atenções, armado de referências autoelogiosas ou omitindo traições veladas, para distribuir, em seu lugar, embustes e revelações espúrias. Tudo delicadamente salpicado por uma falsa modéstia de causar náusea.

Incomoda-me optar por uma trilha de tal forma escorregadia. Falar de mim, sem escudos ou proteções... Porque, se João Oswaldo se dera ao luxo de contar com um guardião de sua consciência, que balizasse os limites extremos de seus pecados (embora tapasse narinas e rangesse dentes), quem zelaria por meu discurso quando eu descontasse minhas promissórias? Quem policiaria as omissões que representam em certos casos a única forma de lidar com a verdade?

Digamos que sei exatamente aonde desejo chegar. Só que já não me sinto em condições de enveredar por uma narrativa linear, que tenha por base uma cronologia rigorosa. Desse gênero de amarras pretendo me liberar, movendo-me no tempo e no espaço, atento à quota de oscilações a que todos deveríamos ter direito em relatos como esse. Do contrário, não irei longe.

Se vivo fosse, João Oswaldo me serviria de escudeiro em uma viagem do gênero. Quem mais, considerando-se a origem de meu percurso? Mas, se a escolha incide sobre os que se foram – e apenas eles sobraram na faixa de idade em que me encontro –, prefiro optar por um morto amigo. Será então pelas mãos de Flavio Eduardo que reingressarei em meu labirinto.

Tinha olho clínico, Flavio, além do mais. Para não mencionar a intimidade de que gozava comigo, da qual se valia para me questionar. Era, sobretudo, impiedoso com certos deslizes, morais ou literários. Traços que não se faziam particularmente notar na biografia de João Oswaldo.

12

Havíamos sido companheiros desde o primário. Mas foi só na adolescência que nossa amizade se aprofundou. Ajudou o fato de nos sentirmos marginalizados em uma escola frequentada por filhos da alta burguesia carioca. Apesar de nascido em berço aristocrático, meu amigo vivia modestamente, pois o avô deserdara a filha por força de alguma briga em família, e esta morava com Flavio em um pequeno sala e dois quartos alugado em rua obscura de Copacabana. Talvez por remorso, o velho Macedo Soares abriria mais tarde um espaço para o neto em seu jornal. Nesse meio-tempo, porém, ele passava dificuldades. Era asmático, ainda por cima, e, desde jovem, vivia atracado a uma bombinha a que recorria nas horas mais impróprias – um estigma social que em nada o ajudava. Quanto a mim, tampouco me destacava na paisagem mais sofisticada em que se moviam nossos colegas com irritante desenvoltura. Formávamos assim um par *sui generis* naquele ambiente, o que nos levaria a acentuar ainda mais as diferenças a nos separar dos demais alunos. Muito cedo nos pusemos a ler livros que ninguém lia em nosso meio, além de discutir, com evidente empáfia, filmes que se revelavam herméticos até mesmo aos olhos de nossos professores. Mas o laço que nos uniu foi amoroso: sentíamos o mesmo fascínio por uma beldade chamada Helena, um desses encantos que, no século dezenove, nos teriam levado, um sorriso nos lábios, a morrer felizes de tuberculose. E a rejeição de que éramos igualmente alvo selou nossa amizade.

Entre os catorze e os dezoito anos, quando convivemos com a jovem, ora próximos dela por força de uma ida coletiva a algum cinema ou praia, ora distantes por falta de pretextos que franqueassem nosso acesso a sua corte, tivemos de administrar o mais persistente dos paradoxos. Pois, apesar de recatada – um traço comum às jovens daquela época –, ela se distinguia de suas colegas de geração por um detalhe perturbador: não usava *soutien* na escola. Circulava naquele perímetro, além do mais, com a blusa ligeiramente entreaberta. E o detalhe que nos tirava o sono, a Flavio e a mim, era que parecia agir em sintonia perfeita com nossos desejos. Como se neles flutuasse. Um quadro conducente a masturbações homéricas e a olheiras dignas da languidez dos grandes poetas que nos haviam precedido em embates semelhantes.

Mas o tempo passou e Heleninha, com a chegada dos militares ao poder, optou pela guerrilha. Em questão de meses, teve os bicos de seus seios, *nossos* seios, mutilados por alicates. E isso pouco representou diante do que ainda viria a sofrer. Naqueles tempos, a distância que separava o sonho do pesadelo se media pela bestialidade de nossos algozes.

Helena, com seus sete irmãos e irmãs, e a imponente casa de seus pais em centro de terreno na Rua das Palmeiras... A jovem descendia de uma família tradicional, em cuja mesa certos temas delicados eram discutidos com sobriedade na entrada, digeridos com leveza junto ao prato principal, para se tornarem irrelevantes na sobremesa. Lera uma quantidade heterogênea de livros (era excelente aluna), vivera sem excessos ou complicações os pequenos prazeres de sua primeira juventude, até que, com a chegada da repressão, pegara em armas. Sua vertente extremista, mais juvenil do que ideológica, teve por inspiração um colega de seu curso de mestrado, a quem se entregou de corpo de alma – um rapaz obcecado com a ideia de explodir tanques em paradas militares.

No lugar de se deliciar com a moça, introduzindo-a nos prazeres que Flavio e eu vínhamos inventariando para ela desde o ginásio, o infeliz desmontou suas origens burguesas, ridicularizou os valores de seus familiares, e dela fez uma guerrilheira. Na primeira granada mal detonada, Helena foi presa e o namorado a justo título fuzilado. (Flavio e eu o teríamos trucidado se os militares não se tivessem antecipado a nós.) Meteram-na em uma cela escura, enquanto sua família rondava em vão quartéis e delegacias. Uma noite, ela despertou com o ruído da porta de sua cela fechando e algo rastejando não longe dela. *"É um jacaré!"*, gritou o guarda rindo do outro lado. E era. Lá fora, um *rock* pesado logo abafou os gritos de pavor da moça.

Enxergam na escuridão os jacarés, explicou-me um amigo a quem narrei o episódio. Disse-me que certos répteis absorvem o máximo de luz do mínimo absoluto que exista em determinado ambiente. Deve-se o fato a uma membrana (*nictitante*, também conhecida como *terceira pálpebra*) que recobre seus olhos, permitindo que se mantenham abertos até debaixo d'água. Heleninha não enxergava na escuridão. E o jacaré tinha fome.

Quando me ocorre meditar sobre a anistia concedida a militares e policiais responsáveis por esse gênero de cenários, com suas raízes na Idade Média, escalas na Inquisição e incursões mais tropicais, penso sempre nesse jacaré. E em algo mais. Até onde sei – e não foram poucas as reportagens que escrevi ou li sobre o assunto –, inexistem relatos detalhados de mulheres sobre os pormenores de suas celas de prisão, com as sevícias e loucuras que se deram então, envolvendo não dois ou três, mas inúmeros homens, além de animais, que desfilavam, uns e outros, nos horários mais variados do dia ou da noite, cada qual com sua ideia fixa, tivesse ela por base um alicate, um choque elétrico, uma curra coletiva ou, no caso dos bichos, que iam dos cães às cobras, cenas até piores. Como se, mais do que pudor, o assunto exigisse respeito. E comandasse um tipo de silêncio que tornasse as palavras inoportunas ou irrelevantes. Enquanto isso, para conferir a esses enredos uma tristeza maior, a vida continuava como se nada fosse nas calçadas contíguas às prisões, nas praias e cinemas, nos bailes e salões, nos estádios e escolas, e onde mais esse gênero de assunto não viesse ao caso.

Sete anos tinham se passado desde meu primeiro contato com João Oswaldo em seu escritório quando Helena desapareceu. Estávamos em 1969, em plena vigência do AI-5. Alguém em sua família teve a ideia de nos procurar. Flavio, por ser neto de um magnata da imprensa. Eu, por ser jornalista de renome. Imaginavam que algo saberíamos sobre esse mundo oculto. Algo que fosse além do que poderiam sugerir os amigos e advogados da família de Helena.

Tanto Flavio quanto eu havíamos frequentado a casa da Rua das Palmeiras quando jovens. Não muito, mas o suficiente para que dois dos irmãos de Helena se recordassem de nós. Não supunham que seríamos bem-sucedidos em matéria na qual todos haviam fracassado, inclusive militares seus conhecidos (porque não havia grande família que não contasse em seu meio com pelo menos um oficial da marinha ou aeronáutica, lado a lado com um regimento de profissionais liberais e diplomatas), mas sabiam que, como jornalistas, tínhamos contatos – e ouvíamos histórias. Quem sabe, com base nelas, pudéssemos levantar alguma hipótese? E chegar a um esboço de pista, tateando que fosse?

Um encontro foi marcado na casa dos pais de Helena, mas do qual participaram apenas os dois irmãos. Ao ouvir os apelos com que nos confrontaram, Flavio limitou-se a baixar a cabeça. Ele, que nada soubera de Helena desde nossos anos de colégio, viu-a presa. E entendeu o resto. Tudo aquilo que os próprios irmãos jamais poderiam vislumbrar com igual intensidade, por não a terem desejado por anos a fio, *ele viu*. E se desesperou. Como era asmático, apelou para sua bombinha. Depois abraçou os dois irmãos e deixou a sala em que nos encontrávamos.

Quanto a mim, que sempre fui uma pessoa prática por natureza, peguei o telefone, liguei para João Oswaldo e exigi que ele me recebesse naquela mesma tarde.

13

Achei preferível comparecer ao escritório de João Oswaldo acompanhado apenas por um dos irmãos de Helena. Senti que a três lidaríamos melhor com o assunto, cada qual em sua vertente do triângulo. Pois era assim que eu concebia a visita, como o encontro de uma trindade.

Os irmãos discutiram a opção em voz baixa por alguns minutos, mas acabaram concordando. O mais velho se juntou então a mim. Chamava-se Paulo Alberto. Dos dois, era o mais sereno e, a meus olhos, parecia o menos revoltado. Sabia que, para os militares, estávamos em guerra. E que Helena, tudo somado, pegara em armas. Tratava-se de uma realidade. Restava saber se seria possível contrapor a essa realidade alguma outra, que permitisse à irmã regressar ao convívio dos seus. Para ele, o nome do empresário pouco ou nada significava. Confiava na descrição que eu dele fizera, como um homem bem conectado.

Já para João Oswaldo – como eu notara de imediato em nosso breve contato ao telefone –, a visita representava um problema. Do qual ele tentaria se livrar nos despachando após prometer notícias que nunca viriam.

Daria alguns telefonemas, seguramente. E talvez até fosse um pouco além, pois tinha seus interlocutores. Mas colocaria uma clara distância emocional entre sua pessoa e a natureza de nossa gestão.

Quanto a mim, o desafio era distinto. Em primeiro lugar, por se tratar de Helena. Não tanto de um ser humano a quem eu fosse ligado, mas de um símbolo de graça, ingenuidade e pureza que frequentara meus sonhos do final do ginásio ao colegial. Uma idade na qual não sonhamos impunemente. Em segundo lugar, por saber que nosso anfitrião teria como chegar às raízes daquele drama – caso se dispusesse a tanto.

Meu trabalho consistiria em motivá-lo. Fazê-lo saltar de seu penhasco uma vez mais. Dessa feita, por algo que valesse a pena e, quem sabe, desse algum sentido a sua vida. E se até ali eu me limitara a observá-lo em silêncio sem crucificá-lo – um sacrifício feito sob medida para desestabilizar meu caráter –, poderia agora cobrar por meus serviços.

Para tanto, precisava instalar Helena em sua sala, como ocorrera com a prostituta que, sete anos antes, tomara forma entre nós. Uma mulher cederia assim espaço a outra, cada qual fazendo, a sua maneira, um ato de presença naquele recinto. O fato de que uma delas morrera não condenava necessariamente a outra ao mesmo destino. Seria nessa condição, portanto – e não como fantasma –, que Helena se deixaria entrever: na condição de sobrevivente.

Foi com essa determinação de cavaleiro errante que bati à porta de João Oswaldo. A meu lado, Paulo Alberto mordia os lábios. Seu nervosismo não me importava. Trabalharíamos juntos, ainda que ele não tivesse noção do papel que eu lhe reservara.

João Oswaldo abriu pessoalmente a porta do escritório. Eram mais de seis da tarde, ele já dispensara suas secretárias. Fiz as apresentações ali mesmo na entrada:

— João Oswaldo Albuquerque, Paulo Alberto Duvivier.
— *Duvivier.* Você é filho de Vicente?
— Sou — Paulo Alberto respondeu.
— Conheço seu pai. Publicamos artigos na mesma revista. *Civilização Brasileira.*
— Publicavam... — disse o rapaz. — A revista fechou.
— Fechou? Quando? Não sabia.

Preferi interferir, para evitar que a conversa escapasse a meu controle antes mesmo de iniciada:

— Em geral é assim. Um belo dia mandam uns caras para a redação, que ficam sentados em um canto fumando ou lendo um jornal sem abrir a boca. Depois alguém telefona e dá ordens ao diretor. Aí todos se retiram, menos o diretor e um assistente. Os caras também ficam. E outros se juntam a eles. Daí vasculham tudo. Por vezes trazem umas barras de ferro e, para se distraírem, quebram os linotipos e as rotativas.

— Você deve estar brincando... — ponderou João Oswaldo em uma voz incerta, tomando o rumo do bar. — Isso parece coisa de filme.

Diante de nosso silêncio, enveredou por outro caminho:

— E o que vamos beber? Uísque? Cerveja? Aprendi com os ingleses: cinco da tarde, chá. Seis, uísque. Só que tomam o deles sem gelo.

Permanecia de pé em frente ao bar. Prosseguia em sua tentativa de manter a conversa no plano social. Paulo dispensou a bebida. Eu pedi uma água com gás. Enquanto nos servia, João Oswaldo avançava por sua trilha:

— No Líbano somos sócios dos ingleses em uma autoestrada no interior do país. À noite os caras enchem a cara e jogam bridge. Até acabei aprendendo. Um jogo incrível, por sinal.

E para mim, ao me passar o copo de água mineral:

— Você joga bridge?

Olhei-o sem responder. Mas ele não se abalou. Fez-nos sentar e disse:

— Já os franceses, que também andam por lá, são mais objetivos. Em Beirute, bebem seu próprio vinho, que mantêm estocado nos quartos, e namoram as mocinhas encarregadas do *room service*.

Aqui ele riu:

— São gostosinhas, as libanesas.

Voltou-se para Paulo:

— E seu pai, como vai?

— Mal — Paulo respondeu. — Meu pai vai muito mal.

— Claro, claro... — apressou-se a dizer João Oswaldo como se caísse em si. — Essa história é...

Preferiu não qualificar a história. Mas teve uma ideia melhor, por meio da qual imaginou recuperar a pose. E foi com um ar preocupado que se dirigiu a mim:

— Você não deveria ter aberto a boca no telefone. As ligações são todas controladas.

— Eu sei... — limitei-me a responder.

— *Sabe?* — seu espanto era genuíno. — A essa altura até o SNI já deve estar informado de que vocês dois estão aqui.

— E é bom que estejam informados — comentei.

Tínhamos sentado, Paulo a meu lado no sofá, ele na poltrona a nossa direita. O escritório não mudara desde minha visita havia anos. Notei apenas um quadro novo na parede central, atrás de sua escrivaninha. Um retrato de mulher. João Oswaldo, que acompanhara meu olhar, abriu uma nova frente na conversa:

— Carlos Scliar — informou. — Um retrato de minha mulher. Pena que você ainda não tenha conhecido Estela.

E para Paulo Alberto:

— Casamos no ano passado. Mas esse teu amigo não se deu ao trabalho de comparecer à cerimônia ou à recepção. E de lá para cá tem fugido de nós como da peste.

— Eu estava em...

— Eu sei — ele atalhou. — Você estava em São Paulo.

Deteve-se no quadro por um momento mais, como se incorporasse a esposa à queixa que formulara. Mas mudou de tom:

— Além de paisagista, e mestre em naturezas-mortas, Scliar é um de nossos melhores retratistas. Pouca gente sabe disso.

Estava esgotando rapidamente sua pauta de assuntos. Suspirou, resignado. Recostou-se melhor em sua poltrona. Se ousasse, teria acendido um charuto. Mas essa coragem, ele não teve. O nosso não era um encontro que abrisse espaços para charutos.

– Então...? – murmurou por fim, olhando primeiro para Paulo Alberto e depois para mim.

Com seu discurso, ele não apenas colocara uma clara distância entre nós: fizera-o de forma deliberada e ostensiva. Por duas vezes eu retivera Paulo Alberto com um gesto, ao vê-lo mover-se no sofá de olho na porta de saída.

Chegara o momento de separar João Oswaldo de seus floreios. Cabia-me atuar como o pescador que arrasta sua rede de volta à praia. E foi o que fiz, mas cortando caminho. O arrastão ficaria para outro dia. Esse peixe, eu fisgaria de arpão. Passei-lhe uma foto de Helena, que retirara do bolso de meu paletó:

– Essa é Helena. Está desaparecida. Pode estar sendo torturada neste exato instante. Se estiver viva, é certo que precise de cuidados médicos urgentes.

João Oswaldo olhou a foto sem emitir um som, a cabeça inclinada sobre ela. Empalidecera consideravelmente. E me deu a impressão de estar sem ar. De um golpe só, ele se juntara a nós.

Eu levara quase duas horas para escolher aquela imagem. Entre centenas guardadas em álbuns ou caixas, reunidas sobre a mesa de jantar da casa da Rua das Palmeiras. Trabalhei sozinho, em momento algum fui importunado. Se algum mérito tive em salvar Helena, foi esse. Ter sabido selecionar a fotografia que variaria as retinas de João Oswaldo para bater em seu coração. Ninguém na face da terra teria tido condições de chegar a esse mistério, em si mesmo anódino de tão singelo.

A foto, em preto e branco, era granulada mas clara. Em tamanho, equivalia a um cartão-postal. Helena encarava a câmera sem sorrir. Esplêndida em sua juventude, ostentava, como na adolescência, a blusa ligeiramente entreaberta. Seus olhos irradiavam, em doses iguais, audácia e confiança. A mão esquerda, apoiada contra o corpo, trazia um caderno.

PARTE 2

14

De minha janela, observo a feira livre que sobe ladeira acima, vinda da Rua das Laranjeiras, para terminar a duas quadras de meu prédio. Todos os sábados, uma guerra surda envolvendo esse pequeno formigueiro humano se desenrola em nosso meio. Os síndicos brigam para ver quem consegue empurrar a barraca do peixe para longe de suas portarias. A cada feira ela se move de um lado a outro, dependendo de ameaças ou gorjetas. E há uma razão para isso, naturalmente, a do fedor desferido por essa bela fauna marítima, que pode agradar aos olhos quando por ela passamos com nossas sacolas, mas cujos efeitos, mesmo após a partida dos feirantes e seus caminhões, permanecem em nossas narinas.

Porque não há baldes d'água atirados com energia às calçadas, nem jatos de mangueira lançados pelos porteiros que neutralizem a maresia deixada em herança. O prestígio dos moradores da rua, nas noites de sábado ao menos, se mede, não tanto pela aparência de seus edifícios, ou pelo tamanho de seus canteiros de flores, mas pelo olfato. E este nos fala das inúmeras batalhas ganhas ou perdidas no coração de nosso bairro.

Nisso penso do alto de minha janela, ao reviver o episódio com Helena. Nisso e na única conversa que tive com ela depois de seu regresso do exílio, quando ela procurou, uma a uma e com vagar, as pessoas que a haviam ajudado naquela fase. A certa altura – de cabeça baixa, olhos no chão, e uma voz que mal chegava a mim –, ela me falou do cheiro em meio ao qual vivera naqueles meses de isolamento, um fedor que ia de seu corpo à cela em que estava trancafiada, sem que ela conseguisse distinguir onde um começava e o outro terminava.

– Era como se eu me tivesse fundido à imundície ao redor. À latrina entupida. Às paredes recobertas por baratas. Aos lençóis encardidos. Era como se tudo não passasse...

Aqui partiu em busca do termo que traduzisse com precisão o que tentava me dizer:

– ...de um *apêndice* de meu próprio corpo. Eu me sentia emporcalhada.

Recordo-me de que falei pouco. Era a primeira vez, em minha vida, incluídos os quatro anos de colégio passados juntos, que a via de tão perto – e a sós. Deixara de ser Heleninha, mas tampouco se tornara Helena. Entre a menina que fora e a mulher em que se teria transformado não fosse a desgraça que a acometera, surgira uma terceira pessoa, remotamente ligada às duas – mas por laços impossíveis de definir. O ar desafiador desaparecera, nem falemos da audácia. Mas notei esperança em seu olhar. E isso me enterneceu.

– Teve uma hora que pararam de me torturar. Acho que se convenceram de que, de mim, não tirariam nada. Aí ficou só o cheiro no ar. E a dor. Dia e noite.

Após o mais pálido dos sorrisos:

— Teria entregue minha mãe para escapar da tortura. Se não falei, é porque não sabia mesmo de nada. Era uma boba. Apaixonada por uma criança barbuda e cabeluda, decidida a virar herói.

E a conversa prosseguiu nesse ritmo meio cambaleante. Foi aí que ela me contou do jacaré, de como havia sobrevivido atracada às grades da janela, as pernas encolhidas ao ar. Até que perguntou:

— Como é que você conseguiu? Paulo me disse que foi você. E ninguém mais. Com três ou quatro frases e uma foto.

E repetiu:

— Como é que você conseguiu?

— Uma amiga — respondi, sem desviar meu olhar do dela.

— Uma amiga? Paulo me falou de um homem. Um empresário.

— O empresário ajudou. Mas foi minha amiga quem te salvou. Teu anjo da guarda.

Ela ouviu sem entender. Mas percebeu que não deveria insistir, como se uma palavra a mais pudesse desfazer o milagre de que fora alvo. Sabia que eu dificilmente teria chegado a ela sem transitar entre a lama e o mistério. Intuía que a lama provavelmente tivera a ver com o empresário. Quanto ao mistério...

— Antes assim... — deixou escapar.

— Antes assim... — concordei por meu lado.

Pelos dois irmãos, eu tivera notícias de sua lenta recuperação. Na Suécia, primeiro, para onde viajara de maca, horas após ser solta. Na França, depois, país no qual se radicara e obtivera trabalho. Haviam sido quase sete anos de ausência e tratamentos.

– Obrigada... – ela disse.

Olhou-me como a colegial que havia sido, encolhendo um pouco os ombros, às voltas com um alívio quase infantil, como se tivesse acabado de passar colando em uma prova e confessasse a proeza.

Entreguei-lhe então a fotografia que havia retirado do bolso. Como fizera anos antes com João Oswaldo. Só que no mais absoluto silêncio. Deixei que ela se reencontrasse consigo mesma.

– Se você deve algum agradecimento, é a ela – disse.

Após um momento, comentei:

– Paulo insistiu para que eu ficasse com a foto. Coloquei, primeiro, em minha mesa de cabeceira. Depois, em uma escrivaninha. Por fim, na estante...

Mas logo acrescentei, ao vê-la esboçar um sinal de protesto:

– Na prateleira do centro, em grande destaque.

– Cheguei então na hora exata de salvá-la da cômoda no corredor.

Rimos os dois. E ela finalmente se debruçou sobre o passado, o reino mágico em meio ao qual sua sensualidade nascente caminhara de mãos dadas com nossos desejos. De início falamos dos alunos e professores, das aulas matadas na padaria ao lado da escola, dos chás-dançantes do Iate Clube. Até que ela voltou sua atenção para mim e Flavio:

– Vocês dois me assustavam. Flavio Eduardo sobretudo. Viviam juntos, como duas sombras, conversando em voz baixa. Onde anda o Flavio?

— Ele se matou. Em 1970.

E antes que ela levantasse a hipótese, a única que poderia passar por sua cabeça, me antecipei a sua indagação:

— Depressão.

De repente, senti-a distante. De mim, da sala, da cidade, do mundo. Visitaria os desânimos e abatimentos a que estivera sujeita quando também pensara em pôr fim à própria vida? Citou um verso de mim desconhecido, quem sabe um trecho de canção:

— *The world was a faraway place, to which I could never return.*

O apartamento em que nos encontrávamos era pequeno. Um quarto e sala no Humaitá, cedido por uma amiga dela. Estávamos longe da ampla casa em centro de terreno da Rua das Palmeiras. Mesmo porque esta cedera espaço a três edifícios havia tempo.

— Flavio Eduardo sobretudo me assustava — ela repetiu, voltando à realidade, como que atracada aos destroços de uma embarcação perdida, desses que por vezes ressurgem boiando na superfície das águas.

Foi como pensei nos dois, irmanados em uma mesma imagem: como destroços de uma época que jamais retornaria. Mas logramos escapar da melancolia mais absoluta pelo tom leve com que ela prosseguiu:

— Também, com aqueles óculos escuros redondos, que tinham lentes de fundo de garrafa, mais parecia um personagem mal-assombrado. Para não falar da bombinha de asma, que ele não largava. De você me lembro menos. Você não chamava tanta atenção.

Não chegava a ser um elogio, sobretudo em termos comparativos. Retaliei colocando nossa paixão em cena:

— A verdade é que éramos apaixonados por você, Helena...

— Eu sei — ela respondeu com simplicidade.

A voz, cansada, vinha de longe. Como se todas aquelas emoções se mantivessem encapsuladas em uma dimensão que já não lhe dissesse respeito.

Passamos cerca de uma hora conversando. Não foram poucas as dores e tristezas revisitadas. Quando a noite caiu, levantei-me. Tínhamos ambos consciência de que aquele momento não se reproduziria. E, de fato, nas poucas ocasiões em que nos revimos ao longo dos anos, já nos havíamos convertido em pessoas distintas — que nada tinham em comum com as duas figuras que se abraçavam agora na penumbra.

Foi com os olhos molhados que ela me devolveu a fotografia.

— Tome conta dela — murmurou com a voz embargada.

15

Lembranças. As minhas, as de amigos. As de desconhecidos, que também se infiltram pelas brechas da memória. Sobre pessoas vivas, pessoas mortas. Sobre fatos, incidentes, verdades, mentiras, traições, altruísmo... É o que me resta, esse patrimônio desconexo que morrerá comigo para alívio geral.

O que incomoda, e assusta, é o atropelo de tantos momentos – que até dispensam imagens ao disputarem seus espaços. Basta um som. Ou, como sucedeu com Helena, um cheiro desagradável no ar. Quatro décadas terão passado desde nosso reencontro. Mas, em um sábado de feira, os anos como por encanto se evaporam – e volto ao pequeno apartamento do Humaitá.

Hoje, minha vida se confunde com um vasto painel. Dele saltam, como salmões subindo o rio em busca de sua nascente, fragmentos. Conectam-se, essas peças de quebra-cabeça, por meio de associações bruscas e inesperadas. Uma palavra, um olhar, um princípio de melodia, um gesto vago, e me perco entre elas. Misturo pessoas em cenários dos quais jamais fizeram parte, detenho-me em detalhes secundários, fecho os olhos. Respiro fundo e vou adiante. Maresias de todo tipo e origem sobem à tona.

Não se trata de uma sensação que possa ser definida em palavras. Mas algo sei dela. Porque seu pano de fundo é a ditadura. *A dama da noite*, como a chamei em uma reportagem.

A dama da noite... No Brasil, cada qual lidou com ela a sua maneira. As massas se limitaram a sofrer suas consequências econômicas e sociais. Para vastos segmentos da população, o fato de que alguns militares se sucedessem de cinco em cinco anos no poder pesou tanto quanto as contradições da era Vargas ou o interlúdio democrático que a ela se sucedeu. Continuaram à margem da sociedade e de suas regalias. E permaneceram iletradas, a morrer de doença ou fome. Mas para a minoria restante, que bateu de frente com diversas formas de opressão, o confronto foi real.

No dia do golpe, encontrava-me no Centro Acadêmico Cândido de Oliveira, o Caco, a mais importante agremiação de sua época no Brasil, ligada que era, havia meio século, a manifestações estudantis de protesto. Estava em vigília cívica com Flavio, na companhia de alguns jornalistas e uns trezentos candidatos a *resistentes*.

A nossa volta palavras de ordem eram gritadas com fervor, viam-se punhos erguidos ao ar, bandeiras verde-amarelas tremulavam pelos cantos. De repente, porém, fez-se um silêncio. E de nossas janelas, à esquerda, demos com uma fileira de tanques descendo a Presidente Vargas. Dirigiam-se ao Ministério da Guerra, do outro lado da avenida.

Passaram a duzentos metros de nós. Menos um, que se desviou da coluna, dobrou à direita e veio vindo lentamente em nossa direção, até parar diante de nosso prédio. O Caco ocupava uma construção baixa, de dois ou três andares, em frente à Praça da República.

Da portinhola superior do tanque, emergiu um sargento imberbe e sorridente, que sacudiu um lenço branco para nós, sendo intensamente aclamado pela militância, convencida agora de que "os tanques eram nossos" – e que o governo Jango iria mesmo reagir. E nós, ocupados que estávamos em nos familiarizarmos com o manuseio das armas disponíveis, respiramos aliviados por não termos de enfrentar a bala "o inimigo". Sobretudo porque, salvo uma ou outra exceção, nenhum dos presentes jamais tinha dado um único tiro – que não fosse de chumbinho e para caçar andorinhas. Assim ficamos por uns dez minutos entre acenos de lado a lado, o tanque de costas para nós, com o cano de seu falo ereto pronto a cuspir fogo no Ministério da Guerra.

Até que um tenente desceu de um carro de passeio na esquina da avenida, aproximou-se rapidamente do tanque e, lá chegado, trocou duas frases com o sargento. Isso feito, o oficial regressou a passos ligeiros a seu veículo e cruzou a avenida – saudado, ele também, por uma revoada de lenços brancos.

Nosso sargento imberbe desapareceu portinhola abaixo com seu lenço e, por alguns minutos, nos mantivemos em suspenso, de olho na máquina imóvel. Lentamente, então – como se o langor correspondesse às hesitações de seu piloto (cujo rosto por vezes imagino banhado em lágrimas) –, o tanque voltou seu falo contra nós. E foi além: ergueu-o ligeiramente, em busca da principal de nossas janelas, a que se encontrava mais apinhada de estudantes.

Exceto pela diretoria do Centro Acadêmico, que se recusou a partir e foi presa pouco depois por uma tropa de elite, saímos todos em fila indiana pela porta dos fundos do Caco, deixando nossas armas de lado, para nos perdermos pelas ruelas próximas, repetindo em voz baixa palavras de ordem e *slogans* diversos. *"Contra um tanque não dá"*, Flavio suspirou, como se desejasse me consolar.

Estávamos ambos na faixa dos vinte anos, naquele 1º de abril de 1964. Só em 1985, tendo eu já entrado na meia-idade, é que o país sairia finalmente do atoleiro em que se metera. Quando a mudança veio, recordei-me do sargento imberbe. Teria feito, como eu, uma bela carreira? Estaria feliz com o retorno à democracia? Depois de ter dado sua contribuição, por modesta que fosse, para mantê-la amordaçada, aviltada e intimidada? Como, por meu lado, eu também acabara fazendo? Por omissão que fosse?

O fato é que, superada ou esquecida, é a dama da noite que une minha geração com seu manto untuoso. Contaminou até aqueles que, em um primeiro momento, a apoiaram. Não que nos tenha impedido de viver – exceção feita aos que pereceram por obra sua. Não... O que ela retirou de nosso futuro foi a plenitude a que parecíamos destinados. Uma ilusão, talvez. Mas, fora o extermínio, haverá crime maior que se possa cometer contra uma geração?

Ainda assim, sobrevivemos. E fomos levando. Por uma década, depois outra. Vinte e um anos. Duzentos e cinquenta meses. Sete mil e quinhentos dias... Uns piores, outros melhores, como tudo na vida. E, uma vez definido o perímetro em que a partida poderia ser jogada, uma vez determinadas as regras impostas pelos árbitros e assimiladas as penalidades a que incorreríamos ao sair da linha, não deixamos de produzir.

Tanto assim que, em meu caso, estou atualmente às voltas com a adaptação para o cinema de um dos livros que publiquei naquela época. Porque, além de ensaios e coletâneas de artigos com base em meus anos de imprensa, sou autor de dois romances. Nada que tivesse alterado o panorama literário em nosso país. Pelo contrário, meus livros só se encontram nos sebos.

Não deixa de ser curioso, assim, que um cineasta desocupado tenha achado graça em meus enredos trinta anos depois. Corremos juntos contra o tempo, o cineasta e eu. Ele para levantar o dinheiro da produção, eu para chegar vivo às telas. Conseguirá o herói se reinventar sem vender a alma ao diabo uma vez mais? Que novas aventuras deverá enfrentar para acalmar o bando de lobos que o persegue, se este, no lugar de esfomeado, sente-se apenas entediado? *Lobos entediados* é justamente o título de meu romance.

O diretor, que de tão jovem poderia ser meu neto, faz-me um apelo: gostaria de mudar o título. *"Muda, meu filho, muda..."*, respondo. Ele demonstra surpresa com tamanha indiferença em matéria que supõe sagrada. *"Muda a história também, se quiser..."*, acrescento para seu espanto.

É simples mudar histórias. Eu que o diga, fui um mestre nessa arte. A princípio por uma boa causa, sugerindo o que me era vedado escrever. Nessa fase fui impoluto e audaz. Tornei-me uma referência para os demais. *Alguém*, como disse de mim um colega em roda de bar, *que podia fazer a barba de manhã sem ter vergonha de se olhar no espelho.*

Com o correr dos anos, porém, o espelho foi se embaçando. As pequenas acomodações se fizeram notar. Algumas acabaram encontrando uma maneira discreta de chegar a meus dedos no teclado. Passei assim, quase sem sentir, às omissões.

Espantoso, em meu caso, é não ter sido objeto de críticas, públicas ou veladas (excetuadas as de João Oswaldo, que se divertia muito com minhas contradições). E ter, com isso, acumulado prestígio, sob a forma de prêmios variados e citações.

É bem verdade que levara anos construindo uma reputação, com raízes conhecidas. Não tinha fama de incorruptível, a ponto de ter vivido de aluguel boa parte de minha vida? Quem iria imaginar que havia remado com a correnteza? Se o fizera na calada da noite e com o mais absoluto recato?

Remar com a correnteza. Eram tantos os adeptos do nobre esporte... "*É de um jogo que se trata*", dissera João Oswaldo, "*as fichas vão do interesse à cobiça, da glória ao perigo, por vezes do perigo à morte.*"

Quantas mortes terão sido necessárias para que assimilássemos as regras do jogo e nos deixássemos guiar por elas? Ou teríamos apenas, nosso sargento imberbe incluído, sido vítimas de circunstâncias alheias à realidade de nosso país? Enraizadas na Guerra Fria, nos receios de cubanização, nos ecos do conflito no Vietnã, entre outras coreografias sempre citadas como referências, antes de serem elevadas a causas – e daí promovidas a certezas?

Um modelo bem orquestrado... Tanto que serviria a nossos vizinhos nos anos que se seguiram. Cairiam todos como um castelo de cartas, a Argentina primeiro, o Uruguai depois, o Chile por fim. Tivemos o triste mérito de liderar o processo.

16

A propósito de salmões subindo o rio rumo a suas nascentes, recebi um telefonema de Alice Costa. Ela é filha de um homem que, nos anos quarenta e cinquenta, ajudou a fazer do *Diário Carioca* a instituição modelar em que se transformou. E que, mais adiante, também participou das famosas reformas realizadas no *Jornal do Brasil*. Jornalista, ela própria, disse-me estar escrevendo um livro sobre a história do *DC*. "Primeiro", ela relembrou em um tom leve, *"fez-se a luz no* Diário Carioca..."

Nem precisava dizer. A nossa é uma confraria que subsiste por força desse orgulho secreto. Graças ao qual nos farejamos de olhos fechados cada vez que um de nós sai de sua toca. Seja qual for o rumo que tenhamos tomado após o fechamento do jornal. Fizemos notícia, é a sensação que temos. Em uma época em que os bastidores contavam.

Sempre fui grato a Alice. Há muitos anos, como jovem em princípio de carreira, ela publicou um artigo favorável a *Lobos entediados*. Coisa que autor algum esquece quando a resenha permanece órfã. Ela vai gostar de saber do filme que talvez bata nas telas com base na obra. É provável que fique surpresa com essa reviravolta do destino, caso se recorde de sua crítica. O que tampouco é certo. A rigor nem sei se tocarei no assunto com ela. Melhor não.

Ao telefone, ela explicou que desejava me entrevistar. Mencionou uma série de pessoas com quem já havia conversado sobre os velhos tempos do *DC*. Uma delas lhe dera minhas coordenadas. *Será que eu me incomodaria de gravar um depoimento?*

Um depoimento? Tendo apenas trabalhado nos últimos três anos de vida do jornal? Mas ela insistiu. E eu concordei em recebê-la. É provável que sua motivação passe pelo filtro da devoção filial. Seu pai, afinal, foi um grande personagem, cuja história se confunde com a da imprensa brasileira. Mas tudo indica que seu projeto vá além da devoção filial. Terá visto, em sua carreira, que é escassa a memória em nosso país. E outras coisas mais terá aprendido, sobre as vulgaridades que nos cercam por todos os lados.

Inevitavelmente, então, voltou-se para o passado. Deixou-se seduzir pela ideia de buscar, em outras eras, vestígios de dignidade. Para demonstrar que, em certa época, homens de talento construíram algo sem vampirizar o poder reinante. Fustigando-o, ao contrário, correndo riscos e desafiando os poderosos de plantão.

Pouco importa que outros, depois, tenham se inspirado nessas conquistas. Ao contrário. O triste é que elas tenham sido relegadas ao esquecimento. Algo ocorreu em certa época – e disso existem provas. Caberia apenas resgatá-las. *Não estaria eu disposto a dar minha contribuição?*

Essa é a pergunta que Alice me faz. Três dias se passaram desde seu telefonema e nos encontramos agora em meu apartamento. *Estou, claro, estou disposto*, respondo. Já acomodados, ela no sofá, eu na poltrona, pergunto pelos depoimentos até aqui colhidos. Quero saber de que falaram os colegas. Os mais antigos sobretudo, alguns dos quais mal conheci.

Ela descreve uma época que antecedeu a minha, mas da qual sempre tive notícias. É toda uma atmosfera que sobe à tona. A grande escola... A frase de que nos orgulhávamos no velho *DC*: "*O jornal que traz o máximo de notícias no mínimo de espaço.*" A opção por uma linguagem embasada no maior número possível de dados, que habilitassem o leitor a formar sua opinião. Um espaço editorial à parte, para que o redator-chefe se manifestasse com voz própria sobre determinados temas. O compromisso com a verdade. Os articulistas produzindo fatos. O *lead*, o *sublead*, o *style book*. A maneira especial de legendar as fotos. O colunismo social de Jacinto de Thormes. A ênfase em matérias que se desdobrassem em dias sucessivos. Grandes temas convivendo com menores. As campanhas: a luta pelos salários dos funcionários públicos, a batalha em defesa da qualidade do leite vendido à população. E, ao mesmo tempo, a série de reportagens sobre um gavião que comia os pombos na Cinelândia, com direito a fotos diárias na primeira página. (Alice revela que o pai alimentara sérias dúvidas sobre a existência desse *assassino voador*.) E, sempre, a despreocupação do jornal em ser rotulado, seja como órgão de elite, seja como veículo popular.

Aos poucos, minha visitante abre suas lentes para certos detalhes. O convívio entre os jornais matutinos e os vespertinos, sendo que estes eram lidos nos bondes e comprados nos estribos. O jeito de cada publicação, como se personalidades próprias tivessem, e essas fossem mais relevantes do que suas afiliações políticas ou partidárias. Os endereços pelos quais o *DC* havia transitado, desde a Praça Tiradentes, passando pelo prédio perto da Central do Brasil, até chegar ao edifício na esquina da Rio Branco com a São Bento – onde eu próprio viria a trabalhar.

Na Praça Mauá, portanto. De onde, à noite, a edição fechada, partíamos em caravana para o botequim Colombo, na Sete de Setembro com a Rua da Quitanda, que os novatos sempre confundiam com a confeitaria do mesmo nome. Ou para o Amarelinho, quando nos dispúnhamos a subir a Rio Branco, com direito a uma parada na Leonardo da Vinci atrás de algum livro ou da última edição do *Cahiers du Cinéma*.

Dos cenários, descemos às pessoas. Falamos de seu pai, primeiro, e depois de homens que por muitos anos frequentariam meu imaginário, mais do que minha realidade. Prudente, Luiz Paulistano, Odylo, Sábato Magaldi, Danton Jobim, Gilson Campos, Janio de Freitas, e inúmeros outros, nomes sempre evocados com reverência e afeto nas rodas de chope pelos mais jovens. Gente, em alguns casos, com quem eu trabalhara mais diretamente em meus primórdios, como Wilson Charuto, que foi meu chefe na seção policial. E Tinhorão, que, no início, corrigia minhas matérias com infinita paciência. Vêm também à baila referências a Ana Arruda, Nelson Pereira dos Santos e Antonio Rocha, que mais adiante entraria para o Itamaraty. O mesmo que me acompanhara em minha expedição à Biblioteca Nacional...

É conversa feita sob medida para acalentar meus ossos e acariciar minha alma. Comento que os pagamentos nunca saíam em dia. E que o Rocha me emprestava dinheiro para fechar o mês. Alguns eleitos tinham prioridade, mas a arraia-miúda, da qual eu fazia parte, ficava por vezes dois, três e até quatro meses sem ver a cor do dinheiro. O jeito era enfrentar o implacável tesoureiro do *DC*, atrás dos vales.

– Chamava-se Alarico – relembra Alice.

Em seguida, consulta suas notas. E é rindo que me cita uma frase de Zezé Cordeiro, da área do esporte: *"Respirava-se um clima tão bom, que o pagamento era apenas um detalhe."*

De suas anotações constam fatos prosaicos, dos quais bem me recordo, como os atropelos às sete da noite, quando chegávamos todos da rua, a turma da política, das delegacias, da economia, dos esportes, e não havia máquinas de escrever que dessem conta da demanda... Formavam-se pequenas filas na redação, uns pressionados, os demais impacientes, todos de olho no relógio.

Estou mais animado do que ela, pois é de *minha vida* que se trata. Foram apenas três anos, mas com base neles eu traçaria todo um destino. João Oswaldo ergue-se subitamente diante de mim, com seu sorriso e seus ternos bem-cortados. É um espectro que vejo. Por alguns segundos me calo, às voltas que estou com a perda da inocência que o episódio vivido em seu escritório ensejaria. *A reportagem jamais escrita... O primeiro contato casual com a dama da noite...* Mas venho embalado demais para me deter. E não será ele, hoje perdido em minhas lembranças, que me privará de um raro momento de alegria. Rapidamente, então, passo ao anedotário de nosso *DC*. Em algo preciso me atracar.

Alheia a minhas incursões em terras inóspitas, Alice se diverte com minha animação. Desconfio que algo de parecido possa ter ocorrido com suas entrevistas anteriores, quando terá notado o brilho no olhar dos mais antigos ao se reencontrarem com seus fantasmas. Menciono o professor Mirakoff, que fazia o horóscopo copiando, com ligeiras adaptações, colunas de anos anteriores. Ela confere suas notas e revela ter tido acesso aos microfilmes com as previsões zodiacais. Falamos da lenda das latinhas de goiabada, nas quais pequenas barras de ouro, extraídas da mina de um dos sócios do jornal, estariam escondidas. A famosa jazida de Morro Velho... Sócios milionários, repórteres paupérrimos – e o jornal seguindo em frente. Alice refere-se às partidas de futebol, jogadas nos corredores da redação, e que seu pai fingia ignorar.

Não tenho nada a ensinar à moça. Até a história da cratera ela conhece. O jornal armara um escândalo contra um buraco aberto em frente a sua sede, promovido à categoria de *cratera* pelo editor. Mas logo se calara quando correu que os responsáveis pela façanha haviam sido os próprios funcionários da gráfica, em busca de energia grátis da Light para suas rotativas e linotipos.

– Você começou nas páginas policiais, não foi? – ela indaga depois de um momento.

– Foi. Era onde todo mundo começava. O setor era importante. O jornal tinha seu lado populista, que se refletia na forma com que os crimes eram descritos. Os detalhes contavam, se possível minuciosos e sangrentos. A principiar pelas manchetes: *"Herodina dá machada-*

das no marido Ernani". Mas fiquei menos de um ano por lá. Passei para temas trabalhistas, grande bandeira do *DC*. Estava nisso quando o jornal fechou.

— Em 1965? Você ficou lá até o fechamento?

— Eu te contei no telefone. Só peguei o *DC* no finalzinho, de 1962 a 1965. Foi o início de minha carreira. E o fim de uma era no jornalismo...

— ...e no país.

— É. O *DC* já andava mal das pernas. E não resistiu à chegada dos militares.

Por aí fomos. Respondi a suas inúmeras perguntas, quase sempre sobre terceiros, confirmei certos detalhes, fiz o possível para tirar algumas de suas dúvidas, mais na base de conjecturas do que de registros pessoais. Minha fase correspondera à agonia do matutino. Os grandes nomes já tinham ido embora, mudado de jornal. Com uma ou outra exceção, restavam apenas ecos do passado. Mas eram gloriosos.

Com um suspiro, pois bem sabe de que glórias falo, ela se inclina sobre o gravador. Antes que desligue, contudo, menciono Flavio Eduardo.

— Flavio Eduardo? — ela indaga.

17

Debruço-me então, uma vez mais, sobre esse pequeno fragmento de meu passado. Como um eco, o prenome de meu melhor amigo permanece suspenso entre nós. É triste, esse eco, pois significa: *quem foi?*

– Ele foi o *jazz*... – respondo, como quem fala, não de um ser humano, mas de uma era. – Na época em que o Beco das Garrafas nascia em Copacabana e Thelonious Monk reinava no Village com John Coltrane.

Alice consulta suas anotações. O nome de Flavio Eduardo de Macedo Soares não lhe diz nada. Pelo visto, nem seus contemporâneos se recordam mais dele. Existe algo de maldito no suicídio, que vai além da própria morte. Matar-se em 1970 também não ajuda. Tempos de *Brasil Grande*, de conquista de tricampeonato, de massas ovacionando o simpático ditador que frequenta o Maracanã. Trata-se de um gesto que acaba passando despercebido até dos próximos. O que o país registra é o radinho de pilha ao ouvido do militar, não o disparo em um ouvido anônimo na madrugada de Brasília.

Mas ela está curiosa. Talvez imagine que, por intermédio de Flavio Eduardo, possamos subir rumo a minhas nascentes e, com sorte, chegar a um lugar misterioso e mágico. Ignora que lida com um peixe rico em escamas. A meu núcleo mais secreto ela não terá acesso. Não de gravador em punho.

Ainda assim, deslizo por minhas notas musicais, como se fizesse das palavras um arpejo. O Rio dos anos sessenta, o Colégio São Fernando, os bondes e lotações, os fins de tarde no Arpoador, a estreia de *Vertigo* no cinema Flórida, as praias virgens e desertas da Barra, os bailes de carnaval do Municipal, o Caco embandeirado em festa, o sargento sorridente desaparecendo em seu tanque...

Ela me escuta, mas com um jeito de quem aguarda. Fareja no ar o material adicional que lhe cai ao colo de forma inesperada. Por enquanto, não sabe bem o que fazer dele: um neto do fundador do *DC*, com coluna diária de *jazz* no jornal. *Será muito? Será pouco? Dará graça a um capítulo menos consistente de seu livro?*

Como jornalistas da velha guarda, não passamos de contadores de histórias. Por isso, mantemos vivas nossas esperanças. Eu, de encontrar alguém que esteja à altura de minha saga. Alice, de capturar a frase essencial, o achado luminoso que promova seu texto à categoria de arte. Quem sabe tenhamos chegado juntos ao momento supremo, exatamente por pouco ou nada esperarmos um do outro?

Lá fora o ruído do trânsito aumenta. Fecho as janelas, para que as buzinas e freadas não interfiram na gravação. E ligo o ventilador do teto. O inverno carioca ajuda, vivemos dias de temperatura amena. Convido Flavio a se aproximar de nós:

— Ele usava óculos escuros.

Alice se recosta contra a almofada do sofá.

— Era muito míope. E, no primário, já tinha a vista cansada.

Ela me observa, surpresa. Dá-se conta de que estamos deixando o *Diário Carioca* para trás.

— É raro um menino de sete anos usar óculos escuros. Ele parecia um anão cego. Só faltava a bengalinha.

Essa história vai levar tempo, ela deve pensar. Mas tempo é o que não me falta.

— Você quer um café? — pergunto.

E me apresso a acrescentar:

— Você me desculpe, deveria ter oferecido antes... Tornei-me um bicho do mato. E ando meio esquecido.

Ela aceita. Da cozinha, porta entreaberta, continuo:

— Foram os óculos que me levaram a reparar nele. E a bomba contra a asma, que já usava e não largava. Na hora do recreio, a garotada se afastava em peso, menos eu. Acho que nossa amizade começou com essa sensação de isolamento rompido. Criança alguma lida bem com o gueto.

— E a relação dele com...

— Açúcar?

— Adoçante.

Em minhas memórias mando eu. Em seu ritmo, que seja. O último privilégio que me resta. Mesmo assim respondo:

— Era neto do dono do jornal. De seu fundador. José Eduardo de Macedo Soares. Só que, ao contrário do avô, vivia modestamente. O velho deserdara a própria filha. Talvez com remorso, abrira espaço para Flavio no jornal.

— Ah... — ela deixa escapar.

Continua curiosa. Só que hesita. Subitamente, como que tomada por um impulso, desliga o gravador e indaga:

— Posso fumar? Não incomoda?

— Não.

— Daria para abrir a janela?

É sua maneira de concluir a entrevista. Transformando-a em conversa. Confiará à memória o pouco que ainda estima retirar de nosso encontro. Abro a janela. E minha história bate asas para bem longe.

Na realidade, a fumaça não me perturba, fumei eu próprio por muitos anos. E já superei a fase de me deixar tentar por um cigarro. Mas que Alice esteja se preparando para relegar a parte mais interessante de meu passado a uma nota de rodapé, isso sim me incomoda.

Decido investir em sua educação sentimental. Aproximo-me da estante e retiro um livro da prateleira, que abro diante dela.

— Paulo Francis, com quem trabalhei no *Correio da Manhã* no final dos anos sessenta, considerava Flavio Eduardo um dos dois mais promissores jornalistas de sua geração. Deixou a observação registrada nesse romance, *O afeto que se encerra.*

Folheio o livro, até chegar à página certa:

— Aqui.

Ela se debruça sobre o trecho indicado. Parece impressionada. Faz parte de uma geração que considera Francis um marco, uma referência obrigatória. Por meu lado, sinto que lavrei um tento.

Decorrido um instante, porém, dou-me conta de que me enganei. Ela se interessa pelos vivos, não pelos mortos.

– E o segundo jornalista? Era você?

Respondo abatido, seguro de que ela nem se dá conta do porquê de meu desânimo:

– Não... O outro *não* era eu.

Foi-se o momento... Estamos agora bem distantes, Alice e eu. Ela fuma em silêncio, pensando em outras coisas. No amante. No filho que precisa buscar na escola. No ex-marido, que não tem depositado a pensão em dia. Na chuva que se aproxima. Depois, termina seu café e recolhe o gravador à bolsa. Com Flavio teríamos ido longe, ela talvez sinta. Mas, nessa viagem, prefere não embarcar. É outra sua missão. De minha laranja ela já extraiu o sumo. E é com um sorriso ligeiramente culpado que me estende a mão:

– Obrigada pela ajuda. Nem consigo acreditar... Sua entrevista foi a última.

– A última... – murmuro entristecido, como se tivesse perdido uma derradeira oportunidade de me abrir com alguém.

Ela nota a mudança em minha voz. É uma mulher sensível, tudo somado. Por meu lado, tampouco desejo me despedir deixando em herança tanta melancolia. Que culpa tem ela por esse meu triste fim de vida? Afinal, só veio a mim em busca de material. De catarse, basta a dela.

É assim, em um tom reanimado, que indago:

– E quando será o lançamento?

– Difícil dizer – ela responde passando os dedos pelos cabelos. – O livro entra em produção na próxima semana. Diagramação, fotos, legendas etc. Deve começar a rodar mês que vem. Mas já tenho o local.

Será na Biblioteca Nacional. Acabou de enfrentar uma nova reforma.

Enquanto aguardamos o elevador, conversamos um pouco mais. Aproveito para fazer uma nota mental: quando o dia do lançamento chegar, tomarei, antes, um bom chope no Amarelinho. A sós, como convém no caso de cavalheiros de minha idade, que em outros tempos teriam pousado, na cadeira em frente, pasta e bengala, deixando o chapéu em evidência sobre a mesa.

Chegado o momento de cruzar a praça, estarei atento aos gaviões. Ainda que concorde com a avaliação do pai de Alice: nesse episódio o *DC* terá vendido, não apenas exemplares, mas uma ilusão. Precisamente o que fazia dele um grande jornal.

18

O jovem diretor que trabalha comigo na adaptação de *Lobos entediados* diz que meu romance "atira em todas as direções sem atingir nenhuma". Longe de desestimulá-lo, porém, o fenômeno parece interessá-lo e até diverti-lo:

– Teu livro é todo feito de pequenas sequências, intercaladas por enormes vazios densos em sugestões.

– Não diga... – comento preocupado. – A eterna praga das omissões...

Comentar a própria obra com um leitor, olho no olho, é raramente uma boa ideia.

– E essas sequências vão e voltam no tempo – ele prossegue sem me dar grande atenção.

– O que talvez explique o percurso de minha obra, das livrarias para os sebos sem escalas.

Continuo na defensiva. Mas ele não se deixa abalar – e parece até se animar:

– Como um arquipélago...

Mas em pelo menos um alvo ele acertou. Existirá melhor metáfora do que esta para os vinte anos subtraídos a nossas vidas durante a ditadura? *Atirar em todas as direções sem atingir nenhuma?* Como se, imersos em uma realidade distinta, nos valêssemos apenas de balas de festim? Para então hibernar por meses a fio? E depois voltar à tona e participar de eleições truncadas ou marchar em passeatas? Vibrando com a liberação de uma peça na censura? Recebendo de volta os exilados, homenageando os desaparecidos? Afinal, o que teremos feito nessa fase, que não tenha sido pontuado por esses vazios de que me fala meu companheiro? Fora esperar?

Exceto pelos depoimentos de vítimas e sobreviventes (a quem rendo minhas homenagens), ou as narrativas mais lineares de historiadores e jornalistas (para as quais, em seu devido tempo, dei uma contribuição), desconheço quem tenha tido condições de escrever sobre a ditadura sem navegar às cegas.

A dama da noite jamais abriu espaços para confrontos diretos, que tendem a desapontar apesar do horror que encerram. Relatos de torturas chocam, mas raramente criam raízes se desacompanhados de suas molduras. Pois só aí podem ser dependurados lado a lado em uma longa galeria que evoque, ela sim, o inferno de onde as telas provêm.

Resta, assim, optar pela via das pequenas histórias, sejam elas amáveis ou terríveis – pois são as únicas que dão sentido à grande. As *pequenas sequências* a que se refere meu parceiro. Chama-se Henrique o diretor, a propósito, Henrique Drumond. Nós nos damos muito bem. Estou feliz por poder trabalhar com alguém tão jovem. Ele consegue ser mais moço que meu filho Pedro. O que me leva à seguinte conclusão: algo preciso acrescentar ao pouco que disse, para não desanimá-lo. Tento então lhe dar algumas pistas.

– No romance, eu me vali de vários tempos narrativos, que se alternavam entre as seis partes do texto. Moviam-se, por vezes, dentro de um mesmo capítulo, quando não em um mesmo parágrafo. Tratava-se, essencialmente, de um livro de memórias. Mas minhas oscilações deixaram os censores tontos. Só muitos anos depois do livro publicado é que fui descobrir que ele não poderia ter sido escrito de outra forma. Digamos que os censores me ajudaram...

Meu cineasta sorri, parece contente com minha história. Avanço um pouco mais:

– As realidades recriadas por mim, já que seria impossível aludir às verdadeiras, foram objeto de alguns capítulos mais lineares, uma minoria no livro em seu conjunto. O que predominou foram as observações pessoais, ruminadas de tão sofridas. *Lobos entediados*, como os textos que por vezes ainda escrevo hoje em dia, resulta dessa costura entre o pressentido e o vivido.

– E o inventado.

O comentário não chega a representar uma crítica, mas passa perto. De modo geral, Henrique costuma se calar quando me refiro ao passado. Nessas ocasiões, um aroma de ceticismo paira no ar. Tanto que, certa vez, ele criou coragem e me indagou se eu não exagerava. Aprendera na faculdade que os horrores ocorridos na Argentina, no Uruguai e no Chile tinham deixado longe os abusos cometidos em nosso país. "Não que essas coisas", como reconheceu, "possam ser medidas nesses termos. Mas..."

O problema, nesse gênero de conversa, é justamente esse *mas* seguido de reticências. E o insidioso *essas coisas*. Em casos que envolveram pessoas de carne e osso, situações que fizeram órfãos e deixaram pais desesperados ou destruídos. Fora a sensação de vazio que permanece. Pouco importa, nesse contexto, que os números se elevem a quinhentos em um país, seis mil em outro, trinta mil em um terceiro. Que relevância poderá ter uma estimativa que leve em conta cifras ao lidarmos com emoções?

Henrique entende e até concorda. Assim mesmo, balança a cabeça. É garoto demais, nasceu bem depois da normalização política pela qual passaria o país. Ignora o que é acordar sobressaltado quando um vizinho é levado encapuzado por homens em manga de camisa, para ser atirado em um carro sem placas que desaparece no meio da noite. Não sabe o que é abrir um jornal e nada encontrar que possa ler. Não teria como conceber um cenário em que as músicas, peças, livros e filmes produzidos por sua geração fossem sistematicamente mutilados pelo Estado.

Como simpatizo com ele, e até acho graça nas distâncias que nos separam, aproveito uma das pausas em nosso trabalho para lhe contar uma história. A título de companhia à cerveja que bebemos em minha janela.

– Havia em Minas – principio no tom de quem narra um conto de fadas – um velho político chamado Benedito Valadares. Ou Tancredo Neves. O nome não importa.

Importa. As falhas de memória já começam a me preocupar. Um perigo, para o qual preciso estar atento. Mas sigo em frente:

— O fato é que esse parlamentar costumava apontar para o céu, a mão pousada no ombro de algum deputado em início de carreira, e dizer para o novato: *"Meu filho, política é como essas nuvens. Você olha e elas estão de um jeito. Dali a pouco, olha de novo, e elas estão de outro jeito."*

Henrique sorri. E aguarda. Como Alice Costa dias atrás. Minhas pausas são apreciadas pelos mais jovens. Outro ensinamento que devo a João Oswaldo, que trabalhava as dele com a precisão de um ourives:

— A ditadura varreu as nuvens... — concluo.

É minha vez de observá-lo. Para ver se registrou a imagem. E, com ela, o silêncio que se abatera sobre a paisagem.

— Junto desapareceu o respeito pela política. Não havia palavras que se inspirassem em nuvens, nem nuvens que produzissem metáforas. Só havia o breu. Unificado e pesado, de cuja existência, *de cujo poder*, ninguém jamais duvidou. E só. Ano após ano. A primeira década emendando na segunda, como se nada fosse. Sim, tivemos um parlamento. E, nele, homens de bem tentaram o impossível. E, sim, tivemos eleições. Quanto a vencê-las... O que desapareceu no ralo foi o respeito pela política. E, com ele, a esperança. O que veio depois é o que se vê hoje.

Dou um último gole em minha cerveja e retiro uma segunda lata da geladeira:

– Você entende?

– Não... – responde Henrique. – Nem consigo imaginar.

Sua geração nem tem como entender. Desprezam os políticos sem ter ideia de que seus sentimentos remontam a essa época, quando nem nascidos eram. Com isso, tampouco sabem o que valorizar. O que leva Henrique à pergunta com que cedo ou tarde me deparo:

– Por que insistir? Por que falar tanto sobre o assunto?

Valerá a pena responder? Tentar que seja? Escalar a pedreira uma vez mais?

– Porque durante vinte anos eu vivi como se tudo a meu redor fosse temporário. Como se as realidades a minha volta se mantivessem suspensas. Mas suspensas em bases permanentes. Era o que eu sentia.

Ligeira pausa, aqui, antes de prosseguir:

– Imagina um músico que abrisse mão do sonho de ser solista para se resignar a se perder no anonimato de sua orquestra. E que esta fosse sempre regida por homens medíocres, cujo repertório se revelasse banal e não abrisse espaço para renovações.

Minha segunda lata de cerveja já vai quase pela metade. A ela devo o gás que me permite ir adiante:

– Quando os exilados retornaram ao Brasil depois da anistia, fiz uma longa reportagem com alguns deles. Quatro homens e uma mulher, que tinham vivido em cinco países distintos e nem se conheciam. Descobri que, além das saudades permanentes e dolorosas, haviam passado por dificuldades de todo tipo, que iam das privações materiais aos constrangimentos pessoais, mas que, em momento algum, *tinham perdido sua identidade.* Ao passo que, nesse mesmo período, eu me sentira um estrangeiro em minha própria terra. E disso me dei conta conversando com eles. Sem que nada de muito especial me fosse dito, nada que incidisse de forma direta sobre esse tema. A distância, eles viviam um país, *o nosso.* Enquanto isso, aqui, esse país se mantinha oculto. Para mim, ao menos.

Henrique dá de ombros. E crava o olhar em mim. Somos parceiros de roteiro, afinal. Não deveríamos ter segredos um para o outro. É a ficção que une os homens. Ao contrário da realidade, que os separa.

– Teria gostado de viver uma outra vida – confesso por fim.

– Quem não teria... – ele brinca.

– É que eu *gostava* da que tinha... Você nem imagina a efervescência naqueles tempos, da Bossa Nova ao Cinema Novo, das peças de teatro às vitórias nas Copas de 58 e 62, do processo de industrialização à construção de uma capital no meio do nada, como se miragem fosse... E essa vida me foi roubada. Virou, *ela*, uma miragem.

Henrique demonstra dificuldade em lidar com o lugar-comum. *Vidas roubadas, miragens...*, deve pensar. Ignora que, em certa época, *tudo era comum*, das palavras aos fatos, das ideias às expectativas. Até que o corriqueiro se tornara escasso. Dizer o que se pensava. Escrever o que se queria. Discordar pelo prazer de discordar. Cantar uma canção. Da escassez à mordaça e dessa à violência, fora um passo.

Ainda assim, ele me observa com atenção. Desconfiará de mim – e da verdadeira origem de minhas queixas? Algo terá sabido sobre minha pessoa com raiz naqueles tempos? Por seus pais ou de outra fonte? Terá, por caminhos misteriosos, descoberto que, bem antes da dama da noite, uma agonia distinta também se dera? A de outra dama, cuja obra eu ajudara a relegar ao esquecimento, tornando-me cúmplice de uma impostura – precursora da que ainda se abateria sobre o país?

19

Bem sabia eu que, cedo ou tarde, regressaria ao diário. Após a partida de Henrique, aproximo-me de minha estante. Para retirá-lo de seu esconderijo, porém, preciso subir em uma cadeira. Porque, não contente em deslocá-lo para as alturas, ainda dera um jeito de empurrá-lo com um dedo para a parte de trás da prateleira.

Pouso-o sobre a mesa com todo cuidado. Amparado pelas duas cervejas tomadas com Henrique, tenho a curiosa sensação de que é o caderno que me observa. O que notará? Um rosto enrugado de homem a espreitá-lo. Se olhar a sua volta, verá uma sala que, sem ser modesta, já terá vivido dias melhores. Digamos que se trata de um ambiente no qual pouco acontece nos dias que correm, fora o espanador de Valéria de segunda a sexta, e o que mais ela fará em minha ausência com seu aspirador e suas flanelas. Um espaço que por vezes acolhe a visita de alguém. Meu filho, aos domingos. Alice, dias atrás, Henrique, hoje. Há, igualmente, uma janela que em geral permanece aberta. Mas que costumo fechar em dias de chuva.

A esses dois verbos reduz-se a rotina do diário: ser aberto ou ser fechado. Mas o que lhe confere força, além de seu conteúdo, é sua memória: recorda-se da mulher que, noite após noite, uma caneta em mãos, marcava suas páginas com letras, números e pequenos arabescos. E lembra de um rosto de homem, jovem de início, velho depois, que o manuseara às escondidas, a princípio perplexo, em seguida assombrado, por fim culpado.

E de mim, terá alguma recordação? Encontro fugaz, o nosso, meio século atrás. Mas que durara toda uma tarde. Nada desprezível, na trajetória de um caderno a que tão poucos tiveram acesso. Daí o cuidado com que o acolhi quando invadiu meu lar, vindo, como veio, do além. Daí, também, tê-lo imediatamente feito sair de cena.

Dele tornei-me herdeiro. Já não digo, como antes, prisioneiro. Os anos passaram, determinadas trilhas perderam-se no tempo. Só que, quando eu menos esperava, João Oswaldo morreu. *Virei assim guardião de uma obra.* E esta me desafia. Imóvel sobre a mesa. Indiferente a minha presença.

Sua tranquilidade possui uma origem singela: o texto sabe a que veio. E tem consciência de sua força. Sobreviveria até mesmo a um gesto extremo de minha parte – atirá-lo ao fogo, por exemplo. É o único bem material – concreto, palpável – que exerce sobre mim tamanho poder. Sem grande esforço, por sua ressonância emocional. Será sua autora, então, a verdadeira dama da noite? Em escala individual e ínfima que seja? *Damas da noite, ambas, unidas em um trágico destino comum...*

Se for, possui uma vantagem evidente sobre sua rival. A dignidade a que o golpe militar não pode aspirar: *foi vítima de uma violência e, em defesa de sua dignidade, vingou-se.* Um crime, a todos os títulos atroz. Tudo somado, porém, de que violência fora alvo a Nação – que inspirasse vinganças e acertos de contas? Em nome de que, exatamente, prendera, torturara e matara?

São situações inteiramente assimétricas, bem sei, com valores morais distintos. Mas o caderno *e o marco maior do qual é parte* dão margem a especulações do gênero. Por meu lado, contudo, não tenho como me limitar a elas. Preciso ir além. E Henrique se deu conta do desafio. Por puro instinto. Tudo entendeu ao se deter por uma fração de segundo em meu olhar. Encontrou ali o que hesito em revelar. Não é à toa que, na sequência de sua partida, eu tenha me dirigido como um autômato até minha estante. Já não posso adiar, por um dia que seja, o encontro marcado.

Abro então o diário. E dou com a letrinha indecifrável, da qual não me esqueci. Perdeu em clareza, mas não em intensidade. Frases desbotadas falam mais alto.

Graças a elas, estou de volta ao elegante escritório de meu parceiro. Ao fundo da baía, aviões decolam do Santos Dumont. João Oswaldo paira sobre minhas páginas, com sua conversa anódina, seu uísque e seus charutos, ora sentado a meu lado, ora debruçado sobre sua escrivaninha. Até que ele deixa a sala:

– *Volto já. Fique à vontade. Quer outro guaraná?*

Permaneço só. E a noite cai. Só que, agora, em Laranjeiras. Em Laranjeiras onde escrevo. Pois é de *minha vida* que este texto trata e de nenhuma outra. Se releio as páginas do caderno, *são as minhas que escrevo* – como se uma história nascesse da outra, tal um decalque que aos poucos desse origem a um enredo encoberto até aqui. Não estiveram sempre irmanadas, essas sagas, desde sua origem meio século atrás?

20

São de fato almas gêmeas, esses textos. O parentesco é curioso. Aproxima seres que nada têm em comum, da época em que viveram seus dramas à natureza destes. Passa, no entanto, por um filtro comum. O que fizera de Maria do Socorro anjo da guarda de Helena. Pois este é o nome de guerra da moça, registrado na contracapa do caderno em letra de fôrma vermelha: *Maria do Socorro*. Logo acima da data em que dera início a sua narrativa: 19 de julho de 1955.

Em quatro anos mais, estaria morta. Em outros dez, sairia do túmulo para resgatar Helena das garras do horror. Mas no dia 27 de outubro de 1957, no qual me detenho, alimenta apenas um sonho: casar-se com Batista. Esse é o desejo que a leva a escrever. E a se debruçar sobre seu diário, noite após noite.

Batista é seu grande amor. E, também, seu cafetão. Quanto a ela, nem vinte anos tem. Fora os raros momentos de felicidade na modesta escola de roça, só conhecera, das emoções, seu lado avesso: o assédio do tio que a deflorara, as surras do pai, o trabalho insano lavrando a terra, o medo, a fome, as incertezas – e a ansiedade ao encarar a fuga estrada afora. Depois, viriam os prostíbulos. Mas sempre lendo, uma revista aqui, um livro acolá. Daí a força que permeia o caderno em suas páginas iniciais, cujo foco é a paixão. Pela vida, pelo amante e, por extensão, pelo diário – que tem no parceiro seu eixo central e sua razão de ser.

Batista a protege e lhe proporciona o que nunca sentira até então: *prazer*. Prazer na cama e fora dela. Um prazer alegre, em meio a carícias e gargalhadas. Entra em contato com sensações desconhecidas, que vão da ternura ao ciúme – e deste à dor. *"O amor dói"*, comenta em um tom perplexo.

Se dói para uns, sorri para outros. Em 1968, quando ela já estiver morta, enterrada e esquecida, o amor sorrirá para João Oswaldo – que se casa no Outeiro da Glória, a poucos metros da Lapa, com uma jovem formada na PUC (em Letras) e pela Socila (em boas maneiras).

Deixei de ir ao casamento, evitei a esposa de João Oswaldo – e ele se queixou de mim. A ideia de frequentar o casal me incomodava, como se algo de inocente tivesse brotado em uma agenda promíscua.

Para mim, João Oswaldo somente existia em seu escritório. Ou em algum restaurante da cidade, onde por vezes almoçávamos, sempre a convite dele. Sem que eu me sentisse constrangido, chegada a hora da conta, em examinar o teto de forma mais ostensiva.

Batista me tiro do Mangue, conta Maria do Socorro em sua caligrafia impossível, *e me troxe pra Lapa. Trabalho na rua, mas só de noite. Ele vai arrumá coisa ainda melhó. Alugou um quarto no Flamengo. Só pra mim, numa pensão. Rua cheia de árvores, casa com banheiro no corredor e tudo. Tem uma sala no térreo com sofá revistas e jornais.* Depois repete, sem acreditar em sua sorte: *Me tirou do Mangue. Me troxe pra Lapa. Me botou num quarto no Flamengo.*

A esse singelo roteiro, reduz-se seu orgulho. É o mapa mais pessoal de seu bem-estar. Como será também, um dia, o de sua agonia. *Sair da zona, voltar à zona...* O traçado com nove ruas transversais do Mangue concentra, com seus casebres de dois ou três andares, os prostíbulos mais baratos do Rio de Janeiro. Visitada por marinheiros, estivadores e uma clientela proletária que vinha dos mais remotos subúrbios, contrapõe-se às casas luxosas de Copacabana ou da Rua Alice, frequentadas, essas, por outro tipo de gente.

O Mangue de Maria do Socorro, com seus esgotos ao ar livre e suas palmeiras balançando na brisa... Flavio e eu perambulamos por aquelas ruelas aos dezesseis anos mais de uma vez. O risco de doença era real, mas o que lá ocorria superava sempre nossas melhores expectativas. Chegava a ser incrível a sensação de vertigem proporcionada pelas coxas entreabertas que se ofereciam a nosso olhar. Para não falar de uma de nossas grandes fontes de deslumbramento, os seios, grandes, pequenos, duros, moles e até leitosos – por vezes tão embranquecidos que veias azuladas pulsavam diante de nossos olhos. E o que dizer das palavras gloriosas que as jovens sussurravam em nossos ouvidos, celebrando detalhes mais específicos de nossa anatomia? Entrávamos no Mangue meninos e de lá saíamos homens. Assustados, mas homens.

Cheiravam a talco, aquelas mulheres, e isso nos tranquilizava um pouco. Os cubículos que serviam de quartos para nossos encontros, contudo, contavam apenas com uma bacia d'água e um semblante de toalha.

Era gozar e sair voando para os chuveiros protetores de nossas casas, onde nos aguardavam escovas, esponjas e sabão de coco, além da paz a que tinham direito os santos guerreiros ao regressar da Palestina.

Batista tirara Maria do Socorro do "esgoto sexual" de nossa cidade. Flavio e eu, no entanto, preferíamos, a essa linguagem cruel de Oswald de Andrade, a visão de Manuel Bandeira – *Mangue, mais Veneza Americana do que Recife* –, por entender que seu generoso verso conferia a nossos desejos uma licença poética.

Cerca de doze anos depois, em 1969, portanto, eu voltaria a visitar o bairro, dessa feita como repórter do *Diário de Notícias*, quando publiquei três matérias sobre a *zona*, seus segredos e mistérios.

O que me faz pensar em um jantar...

21

Um jantar a que compareci na cobertura de João Oswaldo na Avenida Atlântica. Mais do que o empresário, quem convidava era o escritor. E o escritor desejava comemorar o lançamento, dali a uma semana, de sua primeira obra "séria", um livro de poesias. Para celebrar a proeza, haviam, a esposa e ele, convocado um seleto grupo de amigos. "*Caso seja um fracasso de público e crítica*", ele me dissera ao telefone, "*garanto meu jantar íntimo de comemorações.*"

Não tive como deixar de ir: dois meses antes, ele salvara a vida de Helena. E essa era uma dívida que eu jamais teria como resgatar. Ainda que, além de grato e aliviado, eu também tivesse ficado indignado. Ao mobilizar seus coronéis, João Oswaldo me dera a medida exata de seu envolvimento com o sistema. Com isso, turvara minha alegria. Um paradoxo difícil de administrar, dos muitos em meio aos quais vivíamos na época. E que, em meu caso, abriria espaço para outros.

Fui o primeiro a chegar, com meu *blazer* azul-marinho comprado havia anos na Torre Eiffel. Um garçom de luvas brancas me conduziu por uma escada em caracol até o terraço onde o casal aguardava seus convidados. Os dois estavam sentados lado a lado, de mãos dadas, em um sofá.

Ao dar comigo, João Oswaldo se levantou e me pegou familiarmente pelo braço:

– Estela, *finalmente*... – exclamou, olhando para a esposa a título de apresentação.

Falara como se o advérbio, deixado em suspenso entre nós três, se aplicasse a todos e a ninguém. E tudo explicasse, da maneira elíptica com que meu nome surgia nas conversas a minha invisibilidade social.

– Finalmente... – ecoei por minha vez, à falta do que dizer.

O que não a impediu de me estender a mão de forma amável ao se dirigir a mim:

– João me fala sempre de você...

Tínhamos a mesma idade e isso nos ajudou. Na realidade éramos, ambos, vítimas inocentes de uma medusa sibilina, dotada de extremo bom gosto. O coração apertado, simpatizei com ela.

Mais adiante, valendo-me da ausência de seu marido, àquela altura às voltas com outros convidados, indaguei-lhe:

– E o que é que ele falou de mim?

– Que você ainda vai escrever um grande livro.

E, antes de se dirigir ao grupo de recém-chegados, acrescentou:

– Sobre ele...

E riu, como se de uma brincadeira se tratasse.

A cobertura dava para a orla marítima, naquela hora iluminada do Leme ao Posto 6. Do escritório a seu lar, João Oswaldo cercava-se de paisagens que evocavam tiaras. Da dama da noite ele não poderia se queixar: proporcionava-lhe cenários grandiosos.

Aproximei-me do grupo em que ele se encontrava. De maneira gentil, apresentou-me a todos. Havia um diplomata, que me pediu para chamá-lo de Max, e sua esposa; um cirurgião plástico cujo nome não registrei, também acompanhado da mulher; e Marilene, uma paulista que imaginei estar ali para ser meu par.

— Este é um dos prédios que você construiu? — perguntei em dado momento a João Oswaldo.

— Não, este edifício data do finalzinho dos anos cinquenta — ele respondeu, satisfeito pela oportunidade de descrever o cenário em que nos movíamos com nossos drinques. — Ainda é da época de meu tio. Foi o sexto erguido por ele na Atlântica. Reparou na altura do pé-direito do andar de baixo?

O pé-direito do andar de baixo. Uma rua de esquina na Lapa. Duas mulheres encostadas a um poste iluminado. A escuridão do Aterro em construção. Um dinheiro trocando de mãos furtivamente.

Por alguns momentos falou-se do ritmo que vinham tomando as construções na Atlântica, e até em certos trechos da Vieira Souto. No Leblon, felizmente, como alguém lembrou, *ainda eram raros os edifícios à beira-mar, as ruas do bairro se mantinham arborizadas, com suas casas de dois andares.* Fez-se então um ligeiro silêncio. Propus um brinde:

— À construção civil!

João Oswaldo hesitou. Teria preferido algo que louvasse seus poemas. Embora contrafeito, aderiu à saudação:

— À construção civil...

Rimos do que não passava de uma idiotice coletiva, pela qual fui secretamente responsabilizado por todos. Mas bebemos. E continuamos bebendo. Foi o que minha geração fez de melhor naqueles anos, antes de se pôr a cheirar. Navegamos, assim, mais facilmente. Por duas décadas.

Estela se mantinha atenta à chegada dos convidados. *E se o primo de João Oswaldo irrompesse apartamento adentro, com o sangue jorrando de sua jugular cortada?*, perguntei-me já meio alto.

Quando passamos à mesa, éramos apenas dez. Um casal desculpara-se à última hora.

– E sobre o que você está escrevendo? – perguntou-me Max.

– Sobre o Mangue.

– *O Mangue!?* – exclamaram todos.

– Vai ser demolido – ainda tentei explicar.

Uma sombra pairava sobre a mesa. Sentado a minha frente, o diplomata achou de bom-tom dissipar o mal-estar, elevando o assunto a um patamar de outra natureza. E foi tateando que sugeriu:

– A verdade é que acabar com o bairro resolverá uma série de problemas sanitários naquela área.

– Mas criará outros... – apressou-se a dizer a mulher do cirurgião plástico a minha direita. – Onde essa gente toda...

Desistiu a meio caminho, perdida entre hesitações e dúvidas. Decidi colocar novos desafios no caminho dos presentes:

– *...irá satisfazer suas necessidades?* – completei suavemente.

— Não! – ela exclamou indignada. Na realidade, estava furiosa. – Eu me referia... às mulheres. Onde irão... Onde irão morar?

Todos riram de sua preocupação. *De fato, pobres mulheres... Onde irão morar...*

— Vocês, jornalistas, e seus artigos... – provocou João Oswaldo por sua vez. – Sempre tão inconvenientes... Ninguém como vocês para colocar em cena temas desagradáveis.

— Ele só respondeu a uma simples pergunta – alegou Max em minha defesa.

Marilene também deu sua contribuição:

— Para algo serve a censura: permitir que se discuta na mesa do jantar o que a imprensa não consegue nos contar.

Produzira um verso. Dera-se conta?

— Engano seu – insisti. – Os artigos vão sair. O Mangue tem hora marcada para desaparecer.

E continuei, em um tom agora didático:

— Um artigo desses nem passa pela censura. O conjunto de ruas cederá espaço ao metrô.

— *Metrô?* – Estela indagou de sua cabeceira. – E você acredita nisso? *Metrô no Rio de Janeiro?*

A incredulidade era geral. Até ali, 1969 não fora exatamente um ano parco em assuntos chocantes, como sabemos hoje. No entanto, naquela noite amena, das muitas que vivemos na época, e ainda viveríamos por anos a fio, fechando os olhos para tudo o que ocorria a nossa volta, cabia ao metrô responder pela dose de espanto que acometia a todos.

João Oswaldo me observava em silêncio, visivelmente irritado. O primeiro prato havia sido servido e administrado em meio a uma atmosfera povoada por putas e cloacas. Nem o metrô lograra relegar o tema ao esquecimento.

Vá lá..., pensei por meu lado. Deixemos o assunto para outro dia. Em homenagem a Estela, a esposa prendada que apreciava a leitura e os bons modos. A Helena, que na semana anterior passara por uma segunda cirurgia em Estocolmo, graças à qual talvez pudesse deixar sua cadeira de rodas em uns meses mais. E também a Maria do Socorro, que completara dez anos de morta por aquela época.

Teria João Oswaldo comemorado a data? Voltei-me então para o diplomata a minha frente:

– Max... E que novidades você nos conta do Itamaraty?

22

As três reportagens que publiquei no *Diário de Notícias* sobre o Mangue tiveram grande repercussão no Rio de Janeiro. Ao tratar dos quarteirões fadados a desaparecer, coloquei em cena questões ligadas às redes de influência que por lá operavam. Recebera denúncias de todo tipo, inclusive de delegados meus velhos conhecidos, sobre esquemas de proteção e corrupção envolvendo policiais e até políticos.

Mas o que conferira graça aos artigos haviam sido as entrevistas realizadas com as prostitutas e suas *madames*. Porque estas refletiam de perto, não apenas minhas próprias peripécias de juventude, mas as memórias deixadas por Maria do Socorro.

Ao reler seu diário agora, do alto de meu santuário em Laranjeiras, vejo como suas histórias me marcaram. Foram elas que me levaram a regressar aos prostíbulos investido de outro mandato. Elas e meus antecedentes pessoais, pois aos dezesseis ou dezessete anos, eu por lá andara com Flavio.

Naqueles tempos, Maria do Socorro acabara de deixar *a zona* graças a seu cafetão Batista. Por pouco, então, nossos caminhos não se haviam cruzado. Pensamento que me toca de maneira peculiar neste fim de tarde, sem que eu consiga ao certo saber por quê.

O fato é que havia sido como homem-feito que regressara ao Mangue. E vinha amparado por esses dois conjuntos de lembranças a que aludi: o da iniciação sexual clandestina a que me entregara na juventude; e o dos registros singelos deixados por Maria do Socorro em seu diário – quando desembarcara no Rio vinda de um prostíbulo do interior e, por um ano, vivera o dia a dia daquelas ruas. *Saudades da zona num vô ter não...* – ela deixara registrado. – *Muito calor no verao. Muito frio no inverno. Pouca agua e muito homem. Mas o dinheiro era bom. Nunca vi tanta nota. E ninguem batia em mim.*

Esses dois eixos, cada qual a sua maneira, contribuíram para conferir a meus artigos o tom autoral que eles conquistaram. Ainda que essas fontes se mantivessem ocultas. Menos, naturalmente, para João Oswaldo. No Bar Amarelinho, além do mais, na noite em que por lá havíamos baixado depois da maratona em seu escritório, eu também lhe revelara, em um momento de fraqueza, que visitara com um amigo aqueles prostíbulos, *"mas apenas uma única vez e assim mesmo só para olhar"*. Mentiras nas quais ele fingira acreditar, pois confissões do gênero, feitas entre cavalheiros à mesa de bar, não eram passíveis de questionamento.

Talvez por isso, entre os diversos telefonemas que recebi de colegas ou amigos com elogios aos três artigos, um dos primeiros tenha vindo dele:

– Achei que você tinha inventado essa história dos artigos para chocar meus convidados – disse depois de me dar os parabéns. – Mas as matérias ficaram muito boas.

Do outro lado da linha, ele acendera um cigarro. Senti o fumo sendo aspirado em uma longa tragada. Dessas que dão margem a pausas, as famosas pausas de João Oswaldo, que anunciavam revelações:

— Mas olha, estou te ligando também por uma outra razão. Queria te convidar para almoçar no Iate com aquele meu amigo diplomata. O Max... Ele gostou muito de você.

— Fiquei com a impressão de que todos teus convidados tinham me detestado.

— Você fez o possível para que isso acontecesse. Mas deu errado: todos te adoraram. Marilene saiu de lá dizendo que você era *"the real thing"*.

— Não diga...

— Não seja irônico, meu caro. Ela gostou mesmo de você. Não se esqueça de que, como jornalista, você cedo ou tarde precisará de suas fontes em São Paulo. E ela é muito bem relacionada. O pai é dono de uma tecelagem de certo porte. A moça é milionária. Estudou na Suíça com Estela. E é solteira.

Por uma fração de segundo, vi-me a bordo de um Alfa Romeo prateado, circulando pela Rua Augusta, um charuto na mão esquerda, uma corrente de ouro me unindo à bolsa da esposa.

— E nosso almoço com Max? Terça-feira está ok para você? Posso deixar teu nome na portaria? O Iate acabou de contratar um novo *chef* e o restaurante está indo de vento em popa...

O Iate de meus chás-dançantes... Era para lá que, quando jovens, íamos aos domingos, por volta das seis da tarde, dançar com nossas colegas de colégio ao som dos discos de Ray Conniff em um tablado montado à beira da piscina, enquanto os pais das moças enchiam a cara na varanda do clube, despachando de meia em meia hora um olheiro para nos vigiar, que de lá regressava com notícias tranquilizadoras, pois não tivera acesso, como nós, às coxas das donzelas, que cediam a nossos avanços, em busca de sensações que variavam em intensidade segundo a resistência de suas saias, fossem elas de algodão, seda ou tafetá. *"Ela hoje veio de anágua..."*, queixava-se alguém. *"Não acredito..."*, comiserava-se o amigo. Frases entreouvidas na saída, ao fazermos o balanço da noite.

– Terça-feira está bem... – respondo.

É minha vez de suspirar. Embora atento a mim, João Oswaldo não tem como identificar a origem da melancolia que me domina. Passa pela nostalgia dos desejos singelos vividos na juventude, para desaguar na percepção nada original – mas nem por isso tolerável – de um tempo que se foi.

João Oswaldo não demonstra ter pressa. Por meu lado, não quero, com meu silêncio, abrir espaços para perguntas – que eu nem teria como responder. Melhor ficar por aqui.

– Até terça, então... – digo, antes de agradecer e desligar.

23

No Iate, decidimos de comum acordo almoçar do lado de fora, em uma mesa protegida por um vasto para-sol. Uma opção simpática, pois a temperatura estava agradável, sem vento, fora a ligeira brisa que salpicava de espuma o mar na enseada diante de nós.

De início mantive-me calado, limitando-me a observar a elegância casual das jovens que passavam por nós, e os *blazers* dos sócios, muitos deles com uma pequena âncora costurada ao bolso superior. Era ela que permitia àqueles homens bem plantados na vida, alguns deles com belos *foulards* atados ao pescoço, falar com autoridade da dimensão de seus veleiros.

O frescor da juventude, os mastros das embarcações balançando ao vento, a memória de meus chás-dançantes imersos em seus desejos, a que mais poderia eu aspirar naquele início de tarde primaveril, além de um excelente almoço?

A nada de muito objetivo. E foi justamente essa imprecisão que permitiu o inesperado. Este tomou a forma de um diálogo que mantive com Max, no qual João Oswaldo, de início ao menos, se comportou como testemunha mais do que ator, demonstrando sentir um prazer especial em nos observar, um pouco como se fôssemos crias ou invenções dele.

Uma semana antes, e esse dado também tem sua importância a título de bastidores, eu revira Max por ocasião do lançamento do livro de João Oswaldo. E mantivera com ele um breve diálogo, que despertara minha atenção para sua pessoa – já que no jantar oferecido pelo casal (excetuado meu estupendo Mangue) nossa conversa não ultrapassara o patamar das amenidades.

– Você também escreve? – perguntara-me ele enquanto circulávamos por entre estantes e mesas repletas de livros.

Tínhamos acabado de comprar, cada qual, um exemplar da obra recém-lançada e colhido as respectivas dedicatórias. A minha fora sucinta, a dele mais elaborada.

– Sou jornalista, logo escrevo – brincara a título de resposta.

Ele rira. E mudara de assunto:

– Você reparou numa coisa?

– O quê?

– Tua dedicatória. João Oswaldo não colocou teu nome.

– Meu nome?

– É, *teu nome*. Você não leu a dedicatória?

Não, não lera. Recebido o livro, fechara-o sem ler. Na realidade, estava distante. A quilômetros daqueles poemas, que imaginava pífios. E que haviam sido publicados na esteira de uma obra roubada anos antes a uma pobre e desgraçada mulher. Estava, também, pensando em cair fora. Mas Max tinha razão, como logo verifiquei. *"Para meu escritor favorito, com o afeto do João."* Ele lera o breve texto por cima de meu ombro.

— É que sou um autor anônimo... — respondera depois de fechar novamente o livro.

— Eu também sou anônimo. Um diplomata anônimo.

— Em um ministério discreto. Boa combinação.

Como ele nada dissesse, eu ainda sugerira:

— Talvez a melhor de todas, nos dias que correm? Operar na sombra? Navegar em silêncio com nossos *hermanos*? Testemunhar os mergulhos de cada um no abismo que os espera?

E ele dera de ombros. Significava: *a interpretação é por sua conta e risco*. Um casal se aproximara de nós. Eu então aproveitara para me despedir e deixara a livraria por uma porta lateral.

Nisso pensava agora no Iate, em companhia dos dois, enquanto o garçom nos apresentava os menus. Até ali, tínhamos tomado um uísque acompanhado de amendoins e batatas fritas.

— Passamos à bebida dos deuses? — indagou João Oswaldo, consultando a carta de vinhos.

— Para mim, água mineral com gás — disse Max. — Tenho uma reunião às três da tarde.

João Oswaldo se inclinou em minha direção:

— Max é um de nossos maiores especialistas em América do Sul — disse em um tom conspiratório.

Propus um brinde. Eu e meus brindes.

— À América do Sul.

— À América do Sul — entoaram os dois.

— Antes que ela acabe — emendei.

Ambos riram. Depois, se entreolharam e beberam em silêncio. Fiquei com a sensação de que se conheciam desde sempre. Max, como eu, era bem mais moço do que João Oswaldo, mas algo havia em sua postura que o levava a emparelhar com o amigo. Nada que passasse por suas respectivas idades e menos ainda por uma semelhança física. Era algo que tinha a ver com experiências compartilhadas. Como se tivessem, ambos, sobrevivido aos perigos de alguma guerra. Ou estivessem metidos em alguma trincheira desconhecida. A troca de olhares motivada por minha brincadeira levou-me a vê-los como cúmplices de uma trama. Percepção que bem poderia ter um pé na realidade. Mas que realidade, das muitas que nos cercavam?

Que João Oswaldo tivesse motivos para ostentar sua máscara, eu entendia. Mas quais seriam a razões de Max? E o que teriam em comum? Participariam de um mesmo baile? Para o qual pareciam agora inclinados a me convidar? A que gênero de dama da noite pretenderiam me apresentar?

— Max está sendo transferido — continuou João Oswaldo no mesmo tom sugestivo. — Vai servir em nossa embaixada em Montevidéu.

— *Antes que o Uruguai acabe* — brincou Max de olho em mim.

Logo, porém, aprumou-se em sua cadeira e retomou seu ar sério. Sua voz conquistara um tom ligeiramente metálico:

— E por que acabaria? O país vive uma democracia plena. Imprensa livre, legislativo forte e prestigiado...

A pergunta era dirigida a todos os presentes no Iate, marinheiros, garçons e *maîtres* incluídos.

— Precisamente por isso... — respondi como se nada fosse. — Ou você já se esqueceu do Brasil de antes de 1964? Também tínhamos uma demo...

— Um oásis, o Uruguai — cortou João Oswaldo, introduzindo uns segundos de trégua. — Que o digam nossos exilados, que por lá vivem como se no paraíso estivessem...

Nisso, o garçom regressou. Por alguns segundos nos entretivemos com o que iríamos comer. Candidatei-me a uma cerveja.

— Não é o que dizem meus colegas — suspirei por fim, como se fosse detentor de informações a que apenas minha classe profissional tivesse acesso.

Max sorriu para mim, como sorriria para uma criança que se sentasse a uma mesa de pôquer frequentada por profissionais trazendo, a título de cacife, um saquinho de bolas de gude.

— Não diga... — comentou, passando-me a cesta de pão.

24

— Nosso jovem jornalista é muito bem informado – intercalou João Oswaldo de olho em mim, recorrendo a seu tom de alcoviteiro.

Parecia se divertir nos empurrando um contra o outro, como se fôssemos gladiadores em sua arena particular. Se era sangue que ele queria, não era o que faltaria em nosso almoço. Não o de Max ou o meu, bem entendido, pois esses se manteriam sempre a salvo das intempéries políticas ou policiais que se abatiam sobre o país. O sangue de terceiros, que corria solto.

Em um primeiro momento, porém, resisti a suas insinuações, preferindo adotar um percurso mais evasivo:

— Nos jornais, quase nada podemos publicar. O que não impede as histórias de circularem. E elas têm circulado com uma frequência inédita. Um fenômeno curioso, esse. Quanto mais deserta a paisagem a nossa volta, quanto mais acentuado o silêncio decorrente da aridez com que lidamos, maior o ruído que chega a nossos ouvidos.

— Histórias *ou boatos*? – indagou Max escolhendo um pão por sua vez, sem parecer atribuir grande importância a minha retórica.

Mas não resistiu e logo agregou:

– Que gênero de histórias?

– De todo tipo – respondi sem hesitar. – Qual é sua preferência? O menu deixa longe o do Iate. Boatos sobre desentendimentos entre militares da linha dura? O caso mais recente de morte sob tortura em alguma delegacia? Os sacos de dinheiro que desaparecem nos bolsos de militares e políticos na construção da Ponte Rio-Niterói?

– A obra vai indo bem? – perguntou João Oswaldo com sua inocência habitual. – Está aí uma concorrência da qual jamais me atreveria a participar. O jogo ali foi pesado demais.

Nossas entradas foram servidas. Com elas, vieram também as bebidas. Minha cerveja estava gelada, o que me colocou em excelente estado de espírito – e me animou a provocar Max. Reassumi meu papel de *maître* em nossa mesa:

– Poderia também sugerir temas de política externa? Estão bem fresquinhos, acabam de chegar... O que saiu ontem na imprensa americana, por exemplo. Sobre os receios da CIA de que a América do Sul se transforme em um segundo Vietnã. E as consequências que...

– E é o que ocorrerá – interrompeu Max no mesmo tom leve –, se depender de Allende no Chile ou Fidel em Cuba. É o que torna o momento fascinante em nossa região.

Falara como se de um jogo se tratasse. Como eu, João Oswaldo se dera conta disso. Confrontado com nosso súbito silêncio, Max ergueu os olhos de seu prato:

– O quê? Eu disse algo que vocês não soubessem?

— Não... — respondemos ao mesmo tempo.
Coube a mim acrescentar:
— Foi a maneira como você falou. Seu "fascinante".
— É... — agregou João Oswaldo. — Foi... *foi fascinante!*
E riu, contente com o seu *mot d'esprit*. Mas Max não se deu por achado:
— Para quem faz política externa, ou é parte desse processo, é fascinante, sim. O mundo entendido como um tabuleiro.

Com isso, levou o garfo à boca. Tinha optado por um coquetel de camarões. Por meu lado olhei meio desanimado para minha salada Caprese. Dela, porém, retirei as forças de que necessitava.

— Carlos Pereira — disse em voz baixa. — Vulgo Peninha.
Os dois voltaram a se entreolhar. Cúmplices, mas sobretudo curiosos. E nessa condição aguardaram que eu prosseguisse. O que me levou a respirar fundo e contemplar os mastros dos veleiros na enseada em busca de inspiração, passando em seguida aos grupos integrados pela gente bem penteada e perfumada às mesas a nosso redor, até chegar de volta a minha salada. Como deixar de lado esse mundo alegre e mergulhar em outro, trágico e sombrio, que nossos prazeres encobriam? Sobretudo sabendo que dele nem teria o direito de falar com um mínimo de autoridade, por uma questão de respeito que fosse?

— Um preso que escapou do anonimato por mero acaso — esclareci. — Pelas circunstâncias de sua morte.
E espetei um tomate. Os dois mantinham seus talheres erguidos ao ar.

— Aluno brilhante de geologia na USP — prossegui, agora como se tivesse pressa. — Assistiu ao final do mês passado a sua última aula e desapareceu. Muito estimado por colegas e professores, tinha esse apelido, *Peninha*, por ser franzino. Diziam que uma lufada de vento o levaria. E foi o que aconteceu.

Permiti-me aqui um sorriso mordaz.

— Uma rajada seria um termo melhor.

De cara fechada, meus dois ouvintes puseram-se novamente a comer. Ambos pareciam contrariados. João Oswaldo, porque seu almoço tomara um rumo inesperado, bem distinto do que imaginara. Max, por razões que se prendiam a registros de outro tipo, nenhum deles simpático a meu discurso.

— Foi preso por agentes do DOI-Codi do II Exército de São Paulo. Tinha sido delatado por um militante que, sob tortura e por puro desespero, entregou diversos nomes. Alguns, inocentes. *Peninha* era um deles. Seu delito maior tinha sido pichar muros.

— Realmente... Um absurdo... — solidarizou-se João Oswaldo, voltando-se para Max, que se mantinha sério e mudo.

Mais um tomate e lá fui eu:

— Foi torturado toda uma tarde, por uma equipe de delegados comandada por um tenente da PM. As torturas se prolongaram noite adentro. Havia vinte presos políticos nas celas vizinhas. Todos ouviram os gritos desesperados do rapaz. Ninguém entendeu como é que aquele fiapo de gente tivesse condições de resistir a tanta pancadaria.

Nossas entradas foram retiradas, cedendo espaço aos pratos principais. João Oswaldo tentou se valer da ocasião para sugerir uma mudança de rumo:

— É, infelizmente... — balbuciou, limpando a boca com o guardanapo —, essas coisas têm aconteci...

— Nos intervalos da tortura, Peninha era conduzido a uma cela escura e por lá ficava um par de horas. Os presos conhecem bem essa cela forte do DOI-Codi, a que os carcereiros denominam *X-zero*. Acolhiam como uma bênção o cimento frio do chão quando eram atirados por lá entre dois interrogatórios.

João Oswaldo ergueu os olhos ao céu, Max atacou seu *filet* à francesa com uma energia inusitada, como se travasse com seu bife uma batalha perdida.

— Num desses intervalos, *Peninha* não voltou. Foi um corre-corre no DOI-Codi. Os presos receberam ordens de se afastarem das portas de suas celas e se colarem às paredes ao fundo. Assim mesmo, ouviram quando dezenas de baldes d'água foram jogados ao chão da *X-zero*. Um carcereiro disse mais tarde a um deles que "o rapaz tentara o suicídio e fora levado para o hospital".

— Eu provavelmente me suicidaria também, se fosse...

Dessa vez coube ao próprio Max cortar a frase de João Oswaldo ao meio, o que fez com um único olhar. O que me impressionou é que nada havia de gélido ou intimidador na maneira com que se voltara para o amigo. O seu era apenas um olhar vazio, despojado de qualquer emoção ou sinal de vida.

— Dias depois os jornais receberam a versão do que ocorrera — prossegui —, extraída do Instituto Médico-Legal. Nela se fala de um...

E aqui abri minha carteira, de onde extraí uma pequena folha de papel dobrada em quatro, que passei a ler:

— ...de um "*elemento terrorista que, quando transportado pelos Órgãos de Segurança, se precipitara para fora do veículo e fora atropelado, morrendo em consequência de seus ferimentos*".

Era hora de lidar com meu *steak au poivre*. João Oswaldo, o almoço praticamente intocado, olhava-me com um ar ferido, como se tivesse sido, ele, a vítima de tamanhos maus-tratos. Deixei o silêncio reinar, disposto a voltar à carga diante do menor sinal de provocação. E esta, como esperava, partiu de Max:

— Como é que vocês conseguem distinguir uma história verídica...

E aqui se permitiu uma concessão:

— ...e não duvido que elas ocorram...

Para concluir, sem atribuir relevância maior ao tema:

— ...*das falsas*? O que te faz acreditar que... Enfim...

E elevou os braços ao ar como se tudo tivesse sido dito, enquanto João Oswaldo balançava a cabeça em sinal de assentimento.

Max mordera o anzol, mas nem isso me proporcionou qualquer tipo de satisfação. Na realidade, eu estava mesmo convencido de que cometera uma indelicadeza com respeito à memória do morto, ao trazer para um cenário frívolo, como aquele, uma tal história.

— O pai do rapaz veio do interior de São Paulo – respondi por fim. — E aguardou quatro horas na delegacia até conseguir falar com o tenente que, como ele próprio declarou ao cumprimentá-lo, *entrevistara* o preso.

Max desistira de terminar seu prato e cruzara os braços. Sua linguagem corporal, aliada à rápida consulta feita ao relógio, sugeria que estivesse à espera, não tanto das informações que eu pudesse produzir, mas da sobremesa e do café.

– O pai recebeu do tenente uma declaração formal em papel timbrado, pela qual foi informado de que seu filho, tomado por um "inexplicável ataque de pânico", se suicidara com uma lâmina de gilete.

Foi a vez de João Oswaldo formular sua pergunta:

– E então? – disse ele, enquanto Max descruzava os braços e dava de ombros, como se desistisse da parada.

– A versão do atropelamento registrada pelo IML circulou entre os jornais. *Duas declarações, ambas em papel timbrado, sobre uma mesma vítima...* Os torturadores sequer tinham se dado *ao trabalho* de coordenar suas histórias.

– O que bem dá a medida da incompetência geral – suspirou Max.

Sua voz soara como uma condenação. Só que centrada na ineficácia de que haviam dado prova os responsáveis pelo crime.

– Ou do descaso – refutei, dando por encerrado meu almoço.

O garçom voltou a se aproximar de nós:

– Sobremesa? – indagou. – Hoje temos manjar de coco.

João Oswaldo lançou sobre o pobre homem um olhar que o levou a bater em retirada – mas Max, sempre senhor de si, reteve-o com um gesto. Da sobremesa ou do café não parecia disposto a abrir mão.

No dia seguinte, Charles Elbrick, embaixador dos EUA no Brasil, seria sequestrado pelo MR-8. O tabuleiro de Max tinha vida própria. E nele, por vezes, os peões se impunham aos reis.

25

O sequestro de Elbrick caiu como uma bomba no país. Foi um dos poucos momentos de esperança de minha geração. *Então, era possível reagir... Os milicos não eram tão invulneráveis...*, pensávamos encantados com a simplicidade de uma proeza que, se tinha um pé em Guevara, seguramente contava com outro em Robin Hood. Estudantes, professores, jornalistas, artistas, intelectuais, todos recebemos uma injeção de adrenalina nas veias, ainda que, nos subúrbios e no resto do país, as classes operária e camponesa se mantivessem indiferentes ao que ocorria na Zona Sul do Rio de Janeiro.

Mesmo porque, com raras exceções, os movimentos de resistência passariam sempre ao largo das grandes massas. Flavio Eduardo, que ocasionalmente escrevia para uma publicação denominada *O livro de cabeceira do homem*, de Ênio da Silveira, e não podia, como teria sido de nosso desejo coletivo, louvar o sequestro pelo que representava de heroico e desesperado, encontrou uma maneira brilhante de fazê-lo.

O noticiário estava sob rigoroso controle. Mais do que simples censura, o olhar do regime sobre a imprensa naqueles dias refletia uma violência contida que fazia pensar em dentes cravados nas carótidas dos militantes – e, por extensão, nas nossas. Flavio redigiu então um ensaio sobre a Bossa Nova, no qual chamava a atenção para os efeitos de um fenômeno essencialmente urbano e de classe média, *que apesar disso tivera enorme ressonância em todas as rodas de samba do país*, varando nossas fronteiras pela via do *jazz* – e seduzindo milhões pelo mundo afora.

O artigo fez grande sucesso, pois não faltou quem visse em suas entrelinhas o retrato fiel do que ocorrera: uma luta à beira do abismo entre forças absurdamente desiguais, que por isso mesmo tivera tremenda repercussão no exterior. Flavio correu um sério risco ao afirmar, em certo trecho, que a batida de João Gilberto no violão *"algo sequestrara ao sax de Charles Parker".*

– "... algo *devia* ao sax de *Charlie* Parker..." – ainda tentara corrigir o *copydesk* quando releu o texto a seu lado.

– "*Charles Elbrick...* Parker" – murmurara Flavio, carregando nas entonações, os olhos cheios de malícia atrás de seus óculos escuros.

Ignoro o que diziam do sequestro os empresários, pois, no jornal, a cobertura política, que andava moribunda pela ausência explícita de notícias, subitamente renascera de suas cinzas e, por isso, voltara ao domínio dos mais antigos. Fiquei, assim, sem ter acesso às investigações e entrevistas. Se os empresários não falaram, é fácil imaginar de que forma reagiram: blindaram seus carros, ergueram os muros de suas mansões, contrataram seguranças adicionais – e deram mais dinheiro para a repressão.

Quanto aos militares, sabemos o que fizeram. Engoliram um sapo, engoliram outro e, depois, mais um terceiro. Sempre soltando presos políticos em troca dos três diplomatas sequestrados. E sempre lendo na televisão, com um ar sinistro, os manifestos mirabolantes elaborados pelos guerrilheiros. Até que incendiaram o brejo, que substituíram por um aterro, sobre o qual construíram um *shopping*. Outros *shoppings* vieram, pelo país afora, de todos os tipos e tamanhos. Mas o que mudou não foi apenas a paisagem: por anos a fio, os sapos deixaram de cantar.

João Oswaldo ficaria sem me procurar por um bom tempo, aborrecido com a barreira impenetrável atrás da qual eu me abrigara em seu desastrado almoço. Mas Max, curiosamente, não: convidou-me para sua recepção de despedida, oferecida por seus sogros na mansão em que viviam em Santa Teresa. Talvez fosse sua maneira de sinalizar que nossa conversa no Iate não deveria ser levada a sério.

Embora avesso a atividades sociais, decidi aceitar o convite. Primeiro, porque o velho Magalhães de Castro, sogro de Max, financiara alguns dos principais filmes do Cinema Novo e ainda vinha mantendo o *Correio da Manhã* de pé, jornal para o qual eu trabalhava na época lado a lado com Paulo Francis, e cujos anunciantes, pressionados pelo governo, a cada dia batiam em retirada. Segundo, porque eu soubera duas ou três coisas a respeito de Max, por cortesia de amigos comuns, que me haviam intrigado.

Intelectual de esquerda que tudo tinha lido, diplomata de direita que abraçara a causa militar em questão de dias... E ainda havia quem sugerisse ter sido ele um dos primeiros no Itamaraty a operar na contramão da História – em proveito próprio. Algo que a meus olhos fazia de Max um personagem à altura de João Oswaldo, como eu intuíra em nosso almoço. Com a seguinte diferença marcante: *sobre ele eu poderia escrever.*

No modesto microcosmo no qual eu operava, ele bem poderia estar para a política externa assim como João Oswaldo para a interna. Dois aspectos de uma mesma moeda, em suma. Afinal, em minhas fantasias e divagações, não haviam sido duas as damas da noite? A que se fazia notar no plano geral, atingindo a gregos e troianos com seus tentáculos dentro e fora de nossas terras? E a que, em um golpe furtivo, concentrara seu furor em uma única jugular? Quem me assegurava que os dois amigos não estivessem associados a aspectos complementares de um mesmo fenômeno?

Restava então saber que papel a dupla reservara para mim, ao me incluir em sua expedição ao Iate. Uma simples sondagem, que sequer pudera se materializar em face das minhas digressões anárquicas? Algo que tivesse a ver com a imprensa? Um cargo de confiança, que me pudesse ser oferecido por uma razão de mim desconhecida?

Eu ainda tinha presente a conversa que mantivera com Max na livraria. *Um diplomata anônimo* dissera ele comparando-se a mim de maneira irônica. O elo, então, seria esse? Homens que operavam nas sombras, com um gosto todo especial para o que se passasse nos bastidores? O que em certa medida também corresponderia a meu perfil, já que, ao silenciar sobre a saga de João Oswaldo, eu a ela me associara?

Max parecia deter alguns dos segredos de João Oswaldo, o que, a meus olhos, não deixava de ser curioso – como dono exclusivo que me julgava ser do maior deles. Seríamos então rivais? Ou já estaríamos na antecâmara de uma parceria?

Foi assim, movido pelo fogo sagrado da curiosidade, e pela possibilidade de circular por algumas horas entre pessoas intelectualmente estimulantes – ainda que infiltradas por duendes e capetas de todo tipo –, que enverguei meu único terno e cheguei à velha mansão dos Magalhães de Castro a bordo do bondinho de Santa Teresa.

Na festa, falava-se sobretudo do sequestro de Elbrick e suas variações: a lista dos prisioneiros a serem soltos, o planejado voo do Hércules da FAB para Havana, as ameaças da linha dura de passar fogo, ali mesmo na pista do Galeão, nos presos libertados....

Animado pela música, o champanhe e as conversas, deixei que as histórias viessem a mim, como em geral sucedia. Na época eu já era conhecido como jornalista e tinha amigos que acompanhavam de perto meu trabalho, alguns dos quais se encontravam presentes. Mais do que notícias ou novidades, contudo, fiquei de início atento à atmosfera a meu redor, que fazia pensar em um clima de final de Copa. Mas quando comentei o fato com Max, depois de cumprimentá-lo e agradecer pelo convite, ele ergueu seu copo a minha saúde e acolheu meu diagnóstico com a seguinte pergunta:

– *Final?* Mas *como*, se o campeonato nem começou?

PARTE 3

26

No roteiro que escrevo com Henrique de *Lobos entediados*, venho deixando que meu parceiro de aventuras dê uma olhadela em trechos que haviam ficado de fora da edição final do livro, fosse por representarem digressões desnecessárias, fosse pelos problemas que me teriam causado com a censura quando da publicação da obra. Mantenho-os em pastas dentro de um baú, junto a cópias de artigos e reportagens.

Henrique gosta de examinar esse material, que compara aos restos de filmes que antigamente ficavam pelos chãos das salas de montagem. *"Sabe-se lá o que não revelarão de especial?"*, costuma dizer. E, a título de exemplo, mostra-me um capítulo dedicado à recepção de Santa Teresa, que não fora incorporado ao livro em sua versão final. Noto que sublinhou diversos parágrafos.

– Por que deixar de fora essa festa? – ele indaga.

Como saber? O livro tem quatro décadas... Muita coisa ficou de fora. Dessa noite, recordo-me da figura alta e esguia de Marina, esposa de Max, que circulava pelos salões com grande charme e leveza – e da pergunta que seu marido me formulara, pelo que teve de reveladora. *"Final? Mas como, se o campeonato nem começou?"*

— Por que não incorporar a festa? – insiste Henrique, sempre atento a Santa Teresa e às mulheres que, em meus velhos textos, tinham bebido mais do que de costume e desaparecido pelos quartos da mansão com homens que não eram exatamente os seus.

— O material daria uma ótima cena – ele insiste. – A repressão servindo de afrodisíaco à elite bem-pensante do Rio de Janeiro! Orgasmos frenéticos em contraponto ao silêncio imposto ao país...

— Mas não foi exatamente assim que as coisas se deram – deixo escapar.

— No *seu livro*... – ele responde com um brilho especial no olhar. – Mas não nos rascunhos...

Confrontado com meu silêncio, prossegue:

— *Nem na vida real...* Porque sua descrição me fez pensar em uma famosa festa de que me falou meu avô. Por sinal também em Santa Teresa. Seu personagem Alex bem que poderia ter estado lá com a mulher dele.

— *Seu avô?* – pergunto surpreso. – Que festa foi essa?

— Uma que se realizou na casa do velho Magalhães de Castro. Eram amigos. Meu avô foi advogado dele.

Essa é incrível... Henrique e eu de repente unidos por um passado comum. Indiretamente que seja. Pensar que eu possivelmente cruzara em minha juventude com seu avô...

Ele prossegue, animado:

— Segundo vovô, o casarão era enorme, com muitos quartos, sabe-se lá quantos desocupados. E a mansão contava com jardins por todos os lados. Fazia calor ainda por cima. A bebida rolou solta. Ele me disse que aconteceu de tudo naquela noite.

– E você se encantou com essa atmosfera.

Henrique sorri:

– E você também... Até a hora em que cortou a farra de seu livro.

Após uma pausa, comenta:

– Eu até entendo, você estava preocupado em enfatizar outras coisas. Mas no cinema essas cenas vão cair muito bem. Vão dar uma injeção de alegria em sua história...

E acrescenta:

– Para não falar nas ceninhas paralelas... A festa está cheia delas. A conversa do narrador com Catarina, por exemplo. A mulher do Alex.

Marina... Aos poucos, Henrique me leva ao encontro de meu passado. Volto a pensar naquela noite. Muitos dos personagens que mais adiante povoariam meu romance haviam sido inspirados em pessoas que entrevi naquela festa. O engraçado é que João Oswaldo reclamou ao não se descobrir retratado nas páginas do livro. *"Pensei que seu grande personagem fosse eu..."*, queixou-se com uma vaga tristeza, que me levou a comentar no tom do aluno que repete o mestre: *"É que atrás de uma história sempre existe outra."*

As primeiras versões de *Lobos entediados*, essas sobras esquecidas em meu baú que tanto seduzem Henrique, de fato ajudam. Graças a elas já não preciso me valer apenas da memória. Ao ser confrontado com certos trechos, descubro fatos dos quais não me recordava – ou de cuja relevância não me dera conta na época.

Vejo como me deixei seduzir pela possibilidade de que Max personificasse o lado ensolarado da realidade na qual vivíamos.

Só mais tarde perceberia que, em contraponto à vertente sombria de João Oswaldo, Max representava uma outra face do mesmo horror. As duas damas da noite, uma vez mais. Uma leve e apenas pressentida, com seus punhos e rendas, bem como suas triangulações mirabolantes em países sul-americanos, a outra imersa em agonias do passado – que nem mil obras faraônicas construídas do Líbano ao Equador remeteriam ao esquecimento.

É uma boa maneira de revisitar essas figuras, que hoje voltam a frequentar minhas lembranças. No fundo, Henrique tem razão: a recepção de despedida realizada em Santa Teresa teve sua importância, ainda que não pelas razões por ele evocadas. Foi lá que essa encruzilhada tomou forma pela primeira vez, como se eu me sentisse compelido a ampliar a escala dos cenários em que me movia, de modo a ajustá-los ao clima de ambiguidades e incertezas que nos cercava a todos, intelectuais, guerrilheiros e torturadores, como protagonistas que éramos de uma mesma empreitada.

Estávamos em 1969, vale recordar – o AI-5 nem completara seu primeiro aniversário. Em meus anos de aprendizado com João Oswaldo eu perdera muito de minha inocência, mas ainda alimentava algumas dúvidas e, por isso, me permitia vez por outra confrontá-lo de dedo em riste em nosso teatro de sombras.

Tratava-se, porém, de uma batalha perdida e disso bem sabia. Eu me indignava, ele me aliciava... Repulsa e sedução encadeavam-se tais andamentos complementares em uma mesma partitura, cujas notas jamais viriam a público. Intermináveis sinfonias foram assim compostas naquele período por orquestras condenadas ao silêncio e anonimato.

Já com Max, as coisas se passariam de outra forma, ou assim imaginei. Com ele eu poderia começar o jogo da estaca zero. Dele, na época, nada sabia – e tudo imaginava. Era natural, assim, que passasse a vê-lo como personagem.

Quanto a ele, o que pensaria de mim? Provavelmente o que ouvira de seu amigo, palavras que reconstituo sem receio de me equivocar: *"Bom jornalista, confiável. Depois que o* Diário Carioca *fechou, ajudei a colocá-lo no* Correio da Manhã. *Mas espero vê-lo em breve no* JB. *Raramente pede algo em troca dos favores que me presta. Mas, quando pede, é bom cumprir... Vai do acesso a uma frisa no Municipal à liberdade de uma guerrilheira. Pensa como homem de esquerda, mas come e bebe entrincheirado na direita. Quando entrar na fase dos charutos, entregará os pontos de vez."*

A vida como um pêndulo... É a sensação que me vem agora, ao pensar naquela época e recolher outra pasta de meu baú, na qual dou com o artigo publicado na revista *Manchete. Helena, uma vez mais...*

Eu não tivera acesso à ambulância que a transportara até o Galeão em sua maca, e chegara atrasado para ver o voo da SAS decolar para Estocolmo com ela e Paulo Alberto a bordo. Mas compensara minhas tristezas ao tomar um porre monumental com Flavio e assim celebrar sua libertação. Já na manhã seguinte, porém, o jogo voltaria a se reequilibrar, quando eu ficara sem condições de me negar a redigir uma matéria favorável a determinadas obras do governo no interior de Sergipe, pelas quais João Oswaldo nutria especial interesse. Avançava-se em uma direção, retrocedia-se em outra, e nessas andanças meu caráter ia ficando a meio caminho.

Mostro para Henrique a reportagem da *Manchete*, que pouso sobre a mesa. Enquanto ele se detém nas fotografias desbotadas, observo as páginas amareladas do texto. *Que fim terão levado aquelas obras de Sergipe?*, fico me perguntando. Terão servido a algum propósito, que não o de enriquecer João Oswaldo um pouco mais?

– *João Oswaldo Albuquerque* – murmura Henrique a meu lado, como se falasse para si próprio.

– *Quem...?*

– O sujeito na foto. Com o governador.

Debruço-me sobre a imagem e sua legenda. É verdade: lá está ele, atracado ao político do dia, com seu sorriso afável e o bigode que usava por aqueles anos.

– É o Acadêmico? – Henrique insiste. – O poeta?

– O próprio... – respondo. – Morreu há uns três meses. Fui ao enterro dele no São...

– E esse caderno, o que é? – indaga Henrique me devolvendo o artigo e pegando o diário que eu deixara sobre a mesa.

Poderia estar manuseando objetos em uma prateleira de algum antiquário. Mas é outro fragmento de minha vida que ele tem entre seus dedos.

– Nada... – respondo com naturalidade, recolhendo o diário de suas mãos. – Anotações de uma amiga.

Ele não insiste. Sabe que, comigo, as conversas tendem a andar em círculos. E que, se necessário for, o caderno voltará à tona mais adiante . Não se dá conta de que, em poucos segundos e dois movimentos distintos, o primeiro envolvendo uma imagem desbotada, o segundo um texto rabiscado, teve em mãos as duas pontas de uma mesma história. Das quais todas as demais decorrem.

– O que quer dizer essa frase? – ele indaga por fim, voltando uma vez mais sua atenção para a pasta com as sobras de meu velho manuscrito.

– Qual?

Henrique lê em voz alta: *"Final?* Mas *como,* se o campeonato nem começou?"

E, diante de meu silêncio, emenda:

– Daria um bom título: *O campeonato que não começou.* É de péssimo gosto, mas acho que os produtores do filme adorariam.

Em seguida, debruça-se sobre minha mesa, coçando a cabeça.

– Melhor examinar esse material com mais calma.

Ele registra a expressão carregada de dúvidas com que acolho sua sugestão. Não tenho uma opinião formada sobre o assunto, mas nosso roteiro já me parece de tal forma complicado que hesito. No fundo, também receio franquear-lhe o acesso a meu passado, pois a essa altura nem eu mesmo sei ao certo o que ele encerra.

– Não custa nada, *são apenas pastas* – Henrique insiste, como se o fato de estarem guardadas há décadas as tornasse inofensivas. – Na pior das hipóteses leio tua reportagem. A matéria sobre Sergipe nos anos setenta.

E, como quem não quer nada, indaga a caminho do banheiro:

– E o caderno de sua amiga? Vou poder levar também?

– Não... – respondo no mesmo tom. – O caderno fica.

27

Reportagens... Em seus meses no Mangue, Maria do Socorro também registrara as dela. Aproveito a ida de Henrique ao banheiro para reler uma de minhas favoritas: *A zona abria as dez. Os fregueses chegavam as vezes antes. Vinha junto. Tres, quatro, cinco. Ficava ai fumando e chutando pedra no chão. Não tinha corage pra subir. As meninas não saiam da cama. Eu era da roça, acordava cedo. Ficava na janela vendo eles. Era muito engraçado ver eles. Um bando de homens se bolinando, andando de um lado pru outro. Loucos pra meter na gente. Muito engraçado isso. O chines veiu sozinho. Pensei que era chines. Apertou meu braço sem machucar mas apertou. E me ensinou China, China, Japao nô, Japao nô! Tudo igual pra mim. Mostra uma ancora nos peitos, ancora com um monte de estrelas vermelhas. Ele não tinha cabelo nos peitos. Mas era cheio de tatuagem. Me mostrou um monte de cartão da terra dele, tudo colorido. Uma cor bonita, parece pintada. Me disse o nome das cidade, riu de mim quando eu repiti. Errei tudo. Ele ria e ria. Num cartão tinha uns barcos cheio de garota e ele apontô pra mim. Os barcos estava tudo parado no mar assim de quadrado. Quatro barco de cada lado e o mar no meio. Um quadrado de barco. Cada um com tres andares e um monte de janelinha do lado. No outro cartão dava pra ver as mulhé. Tavam rindo nas janelas. Tinham flor nos cabelos. No alto lá de cima tambem tinha umas meninas com sombrinhas. Todas rindo de dentes de fora. O chines apontô pra mim. Acho que entendi. Aquilo era a zona da China. No meiu da água. Mais limpinha que a nossa. A zona da China. Pedi os dois cartao de presente mas ele não deu. Me deu um dinherinho a mais. Perguntei si queria mais e virei de costa na cama. Mas acho que o chines não gosta disso não. Eu queria que ele ficasse mais um poco comigo pra olhar as tatuage. Na costa dele tinha dois dragão enorme e cinco cobra. Mas ele foi embora. Voltô pro navio. Batista disse que era isso mesmo. Que lugar de chines é na China. Conto tudo pro Batista. Ele fingi que não iscuta mas iscuta. Alguma coisa ele prefere não iscutar. Quero tatuar o nome dele no meu peito. Mas ele não quer. Diz que é ruim pros negocios. O Batista é muito engraçado.*

Henrique regressa do banheiro esfregando as mãos:

— Nesse roteiro, cabe tudo. Por isso mesmo não podemos exagerar. Tem de ter uma moldura. E o filme precisa refletir o eixo do livro.

— O espírito do livro... — tento corrigir.

Mas pode ser que tenha razão. O cineasta, afinal, é ele. O diabo é que não tenho como ajudá-lo. Para mim, tudo se mistura em um só painel. Tento sair pela tangente:

— Fica difícil obter o dinheiro? Com um roteiro meio enrolado?

– Não, por isso, não – ele responde. – Podemos trabalhar com dois textos. O oficial e o nosso. O problema é que o nosso...
– ...precisa ser filmável.
– Filmável sempre será. Precisa *é fazer sentido*. Para ser entendido pelo público como um filme sobre a ditadura. Cinema não é pintura.
– David Neves dizia que era aquarela.
– Quem?
Melhor chegar ao mesmo ponto por outro caminho:
– Bresson, você conhece?
– Não de filmes. Só de referências. Não há livro de cinema que não fale nele.

Para chegar aonde quero, valho-me de uma operação que envolve um salto com vara, graças ao qual omito uma certa quantidade de metáforas e alusões, passando por cima, também, de uma visão resumida do que seja a estética aplicada à arte cinematográfica no mundo contemporâneo:
– Transformar a ditadura em roteiro, não dá – resumo quando aterrisso do outro lado. – Ela foi avassaladora e invisível ao mesmo tempo.

Henrique acompanhou meu voo solitário. Não tem nada de bobo. Pode não ter lido obras fundamentais, nem visto filmes essenciais, mas sabe das coisas.
– Não se preocupe – ele diz, como para me tranquilizar. – O golpe está refletido no teu livro. Por momentos, mas está. Sobretudo nos rascunhos.
– São fragmentos. Estilhaços.

Que importa? Se os fatos não interessam? E sim a impressão que deles fica? Como captar uma impressão e levá-la a bater nas telas?

Penso em Jackson Pollock e na emoção que experimentara ao ler as páginas iniciais do caderno de Maria do Socorro meio século antes. Penso na força que os garranchos daquela mulher irradiavam, sempre alternando polos que iam da esperança ao desespero, da ternura à ferocidade. E entendo por que o diário acabara representando uma tábua de salvação para ela – *seu único amor*, como dissera ao delegado da Lapa. Um amor que tinha em Batista sua face visível – e no texto sua verdadeira razão de ser. Como explicar a Henrique que o impulso de uma história por vezes se esconde em outra?

28

Volta e meia retorno ao relato de Maria do Socorro. Como quem busca nos males de sua alma gêmea não tanto inspiração, mas sustento. Comparados aos meus, revelam-se infinitamente maiores, esses males. Mas, por vezes, nem se deixam espreitar, de tão singelos que são. Minha perplexidade se alimenta desse paradoxo, já que as variações emocionais se fazem notar a cada parágrafo, quando não em uma mesma frase.

Com o correr do tempo, porém, o diário vai mudando de tom, abrindo espaço, de início, para dúvidas pueris e, logo, para presságios sombrios, que por sua vez dão origem a ameaças explícitas. O que está em jogo é outra mulher, das inúmeras com quem Batista se envolve, seja por conta de suas atividades profissionais, seja pelo insaciável apetite de que dá provas ao retirar uma odalisca por noite de seu harém.

A mágoa da jovem não deriva desse universo feminino, que ela sabe ser coletivo e que, por isso, assume a seus olhos uma forma impessoal. Considera-o um contraponto natural à vida que leva com os homens de quem depende para sua renda. Seu problema é outro: deriva de *uma* mulher. *"Ele deu um presente pra safada que eu sei. Vi no bolso da calsa dele: uma caixinha com um aneu. Achei que era pra mim e não era."*

Por enquanto, a rival não tem nome. Chega a ser comovedor acompanhar a obsessão com que ela rastreia suas informações, às voltas com uma luta perdida, da qual Batista emerge como um homem seguro de si, senhor absoluto de suas prioridades e seus desejos. *"Ele diz pra eu ficar fria. Ela é que vai ficar fria quando eu descobrir quem é. No sertão essa coisa se resolve com peixeira."* E é a lápis vermelho, com uma letra que por pouco rasga o papel, que registra na margem esquerda da página: *"Quem é a desgraçada? Quem é?"*

Batista não parece se dar conta do caldeirão que ferve a seu lado. Pelo que leio no diário, dirige-lhe palavras carinhosas (*"sossega bichinho sossega"*), vira-se para o lado e adormece – enquanto é uma fera quem cola seu corpo ao dele. *"Até o cheiro do homem mudou. Misturô com o da cadela. E hoje ele não quiz saber de mim."*

Batista não tem como imaginar o que vai pela cabeça da favorita de seu harém, por falta de acesso aos livros ou novelas que ela lê. Nesses enredos tampouco há meio-termo. As sagas ou acabam bem ou possuem desfechos tenebrosos. Pelo que entendo das breves referências que a elas faz Maria do Socorro em suas anotações, as personagens ou encontram o amor e a felicidade, ou esfolam e matam, saindo em seguida de cena por cortesia de algum veneno de rato.

Quando chegar sua vez, será para os cacos de vidro que apelará. Mas isso só acontecerá mais adiante, depois que Batista, cansado de tantas lamúrias e ameaças, a abandona de vez. A informação nem vem do amante.

É pela dona da pensão que ela fica sabendo: *"Ele pagô um aluguel adiantado. Dona Nilza disse que depois eu nao posso mais ficar. Nem pagando. Diz que mulhé da vida sem homem dá problema. Sem homem? Eu? Onde ele foi? Ela não sabe. Diz que nem quer saber. E diz com raiva. Como se a culpa fosse minha."*

A infeliz percorre a cidade inteira atrás de Batista, dia e noite. Começa e acaba sempre nos bares da Lapa. *"Todos dizem que ele se mudou. Falam nos subúrbios, falam até de São Paulo. Mas ele não pode estar longe. Não com toda a grana que tira das mulhé."* Na página seguinte, já fala de suas dificuldades mais objetivas. *"Como trabalhar de noite sem ele por perto? Tenho medo. E de dia não posso levá homem na pensão."* Em meio à sucessão de infortúnios, a droga também faz seus estragos. E ela volta a cortar os pulsos.

Nisso estou quando toca a campainha. Hoje é domingo, Henrique não deve ser. Mas é. Não nos vemos há mais de um mês.

– Saiu o financiamento! – ele exclama me abraçando ainda na porta. – Mas é segredo. Soube ontem à noite por um telefonema.

– Que temeridade das autoridades constituídas... – suspiro por meu lado. – Se nem um roteiro completo temos em mãos...

Estou feliz por ele. Durante alguns segundos ficamos sorrindo bobamente um para o outro, como se fôssemos responsáveis, não por um projeto, mas por uma boa travessura – e tivéssemos enganado meio mundo. Pena que eu não tenha champanhe em casa. Teríamos merecido, foram quase dois anos jogando ideias de um lado para o outro.

Abro a geladeira. Reconforta-me verificar que o estoque de cervejas se revela digno da boa-nova. Instalo-me em minha poltrona.

— É só a primeira parcela — ele informa, erguendo sua lata. — Mas o resto será mais fácil. E agora podemos captar recursos de outras fontes.

— E o título, afinal, como ficou? Vamos mesmo de *O campeonato que não começou*? Pedro, meu filho, achou meio ruim...

— Não. Vamos de *Damas da noite*.

— *Damas da noite?!* De onde você tirou isso?

— De uma frase de teu texto. Da parte que você deixou de fora. Vamos ter de retrabalhar um pouco o roteiro, a propósito. Para variar...

— Mas...

— Alex vai ganhar um companheiro. Já não será o herói solitário de *Lobos entediados* que pinta e borda às margens de nossa política externa, circulando com todo aquele gás entre Santiago e Montevidéu. E ainda bem... Um tédio, esse teu Itamaraty! Do ponto de vista cinematográfico, é claro.

Em seguida, ri do comentário. Aproxima-se da janela e acende um cigarro. A cabeça inclinada, fica me observando. Parece mais satisfeito com suas novidades do que com o financiamento propriamente dito.

— O problema é que você só se refere à figura nas entrelinhas — ele comenta. — Tuas famosas entrelinhas...

Não tiro o olho dele. E penso: *Como desarmar esse circo?*

— E quem é esse personagem? — pergunto por fim.

Quero ouvir da boca dele a verdade que me persegue há meio século. Quero saber de que parte de meu mosaico ele pinçou o parceiro que hoje apodrece no São João Batista.

– O sujeito que está sempre dizendo: *"Atrás de uma história sempre existe outra..."*

– No meu livro?

Por pouco não me levanto da poltrona, tal meu espanto.

– No livro, não! – Henrique exclama, soltando uma gargalhada. – No texto de teu manuscrito... *O do baú*. O cara se repete o tempo todo. Mas a chave do roteiro está nessa frase.

– Foi a chave da ditadura... – murmuro por meu lado. *E a de minha vida também*, por pouco não acrescento.

Henrique nota minha tristeza e se dá conta de que algo há de errado. Receia ter sido mal interpretado. E tampouco deseja me forçar a aceitar o que imagina ser uma mudança brusca de rumo em nosso projeto.

– Você mesmo me disse que eu podia mexer no texto – principia com cuidado. – E eu nem mexi: ele é *teu personagem*. Só estava adormecido em berço esplêndido. Em teu baú. Nem nome tinha. Mas já batizei a figura. Inspirado na tal matéria da *Manchete* em que nosso imortal aparece. Vai se chamar Jacinto Octávio, JO para os amigos. Poeta e empresário. Que *obras* não surgirão de suas empreitadas...

Mantenho-me calado. Até onde pretende chegar? Saberá algo que eu ignore? Algo que de alguma maneira se reporte a mim?

– Um personagem que tem tudo para dar certo – ele prossegue. – Baseado em uma figura de carne e osso.

E fortuna. Quem diz fortuna diz segredos. Sobretudo naquela época sinistra. Ao contrário de Alex, que circula silenciosamente pelas sombras do poder, esse cara se move às claras com seus uísques e charutos em plena luz do dia. O oposto de Alex e sua mulher, a coitada da...

Abre sua pasta e remexe na papelada, em busca do nome certo:

— ...a coitada da Catarina – completa.

O curioso é que Henrique e eu vemos nossos personagens de maneiras inteiramente distintas. Para ele, Alex opera na sombra e seu comparsa "se move às claras". Quando, para mim, é o inverso que se dá. Tanto que, em meu romance, eu colocara um foco luminoso sobre Max e seus suntuosos cenários ao longo do livro; ao passo que agora, ao tentar rascunhar notas sobre João Oswaldo, não conseguia sair das trevas.

Mas, no fundo, que diferença faz? O que os une não é o fato de corresponderem às duas faces de uma mesma moeda? Não será até melhor trabalharmos essas figuras de forma diferenciada? A visão de Henrique se contrapondo à minha?

— Em que ano daremos início à trama? – indaga.

Ele mesmo se encarrega de responder:

— 1958! A indústria automobilística engatinhava... O Brasil importava seus carrões dos EUA. Chevrolets Impala, Oldsmobiles, Cadillacs...

Após uma pausa prossegue:

— JO vai circular pelo Rio de Janeiro a bordo de um Buick do ano! – exclama, satisfeito.

— Um Buick vermelho? – sugiro, entre perplexo e preocupado.

— Por que não? — diz entusiasmado.

E prossegue no mesmo ritmo, encantado com suas descobertas. Mas sua voz agora chega a mim de longe, como se suas palavras aflorassem de um sonho no qual eu fosse mero coadjuvante:

— Trinta anos depois, ele ressurge na Academia Brasileira de Letras! É poeta, nosso herói... Para não falarmos de sua chocante e surpreendente obra de juventude, que entra em nosso roteiro como *Baixo meretrício*.

Aqui, seu olhar se detém por um segundo no caderno sobre a mesa. Volta-se em seguida para meu escritório.

— Posso dar uma olhadela nas estantes de sua biblioteca? — ele pergunta.

Um misto de cerimônia e polidez insinua-se em nossa conversa.

29

Enquanto Henrique percorre minhas estantes, regresso a 1969 e à festa de despedida de Max, quando tivera a oportunidade de conversar com sua mulher. Conhecera Marina meses antes, no jantar que João Oswaldo oferecera para comemorar o lançamento de seu livro de poemas. Naquela ocasião, havíamos sentado em lados opostos da mesa, mas distantes um do outro, e eu acabara falando sobretudo com seu marido.

Em Santa Teresa, no entanto, apesar de sua condição de anfitriã, ela me dedicara um momento de atenção. Confessara-me estar morrendo de dor nos pés (por força de "um par de sapatos desastrados"), e se sentara a meu lado em um banco no jardim. E assim ficamos por alguns minutos. *"Esses colegas de Itamaraty do Max são muito chatos"*, ela me revelou, os olhos brilhando de malícia.

Àquela altura, estávamos mais próximos do final da festa do que de seu início, e tínhamos ambos bebido bastante. Perguntei-lhe se estava satisfeita com a ida para Montevidéu, e ela respondeu que sim. *"Teria preferido Paris"*, comentou com bom humor. Mas Max lhe assegurara que o Ministério atribuía "máxima prioridade" à América do Sul.

— Estranho, você não acha? – ela comentou.

Brinquei de gato e rato com ela, mas sem maldades ou ironias descabidas. Mesmo porque nada havia em sua postura que não evocasse simplicidade. Tratava-se de uma moça ingênua. Jamais pretensiosa ou arrogante, traços que se aplicariam, segundo se dizia, a suas duas irmãs mais velhas.

— Não, não acho estranho – respondi depois de um momento. – Acho até que faz um certo sentido.

— *Sentido... Sentido...* – ela proclamou, tirando os sapatos e movendo os dedos com evidente prazer. – Para vocês, homens, tudo *precisa fazer sentido*.

— E para vocês, mulheres? – provoquei por meu lado.

— Para nós... jamais! Quanto menos sentido, melhor! O que interessa é...

Ela riu, eu aguardei.

— *...os sentidos.*

Recostou a cabeça contra as almofadas e, de olho no céu estrelado, repetiu em voz mais baixa:

— Os sentidos...

Podia ser a bebida, podia ser um achado, podia ser uma frase a mais em um fim de festa... Uma pena, tudo somado, que as circunstâncias políticas da época me tivessem levado a fazer de seu marido o personagem central de meu livro, quando Marina era – e vejo isso hoje com clareza – uma figura tão ou mais interessante.

Ao ler meus rascunhos, Henrique não se dera conta disso. Achara apenas João Oswaldo, perdido em meus papéis – e isso lhe bastara.

Cabia-me assim, caso o desejasse, restaurar Marina à posição de destaque a que fazia jus. Quem sabe, então, esse resgate não pudesse ocorrer em nosso roteiro? Foi a ideia que me veio à mente, enquanto Henrique vasculhava as prateleiras de minhas estantes.

Maria do Socorro, Helena, Marina, mulheres movidas a emoções e desejos, seres fragilizados, ricos, densos... Estava certa minha anfitriã, naquela noite de despedidas do Rio, ao valorizar a arca secreta de seus sentidos – em detrimento do que bem pudesse emergir dos velhos cofres do comedimento e da razão alheia. Porque era disso que se tratava, *da razão alheia*.

Hoje, se contraponho a essas figuras os parceiros toscos que haviam girado ao redor de cada uma delas, vampirizando-as de maneiras diferentes – mas no fundo iguais –, como não entender o patético destino com que se haviam defrontado? O suicídio em um quarto de pensão, a tortura devastadora em uma cela clandestina, a vida desperdiçada em coquetéis e recepções – nos três casos na flor da juventude?

Henrique regressa de meu escritório abraçado a quatro obras de João Oswaldo. Registro seu entusiasmo com certo alívio. *Uma mudança de guarda, por fim...* Graças à qual posso agora transferir meu antigo parceiro para as mãos de um jovem companheiro. Eles que se descubram mutuamente do alto de suas circunstâncias, que se observem em detalhe, que se farejem como ocorre entre autor e personagem, que criem novas realidades a partir de velhos fragmentos... E que me deixem livre para cuidar de *minha* história.

30

Minha releitura do caderno de Maria do Socorro chega à parte na qual eu parara meio século atrás no escritório de João Oswaldo, ou seja, um pouco além da metade. Ela sobrevive a sua primeira tentativa de pôr termo à própria vida, mas continua lambendo suas feridas. Seu sentido prático, porém, a levou a substituir Batista por outro cafetão. Quem agora controla sua vida e administra seus negócios, dando-lhe a proteção de que necessita, é Malaquias, um mulato alto e forte que bate nela "para mantê-la na linha"; e, também, por desconfiar da quota de dinheiro que ela lhe repassa. *A gente briga muito por causa de grana*, ela se queixa. E acrescenta: *Batista nunca foi assim, confiava em mim*. Graças ao novo protetor, porém, ela logrou permanecer em sua pensão: *Malaquias encostou a navalha no pescoço da D. Nilza e a coitada se borrô toda. Até me deu um quarto melió.*

Ao retomar o traçado de sua história, surpreendo-me sentindo falta de João Oswaldo. É uma estranha sensação, que não passa pelo filtro do afeto, mas que reflete de perto o núcleo original de nossa parceria. Como se, ao avançar texto adentro, eu não pudesse prescindir de sua presença física a meu lado. São dois, agora, os mortos que me acompanham, três com o primo assassinado, o que me leva a pensar que em breve formaremos um quarteto – e o caderno permanecerá abandonado e só, despojado de sentido.

Ontem, ao se despedir de mim, abraçado aos livros de João Oswaldo e a minhas pastas, Henrique me colocou em uma posição delicada ao me perguntar se eu poderia intermediar uma entrevista dele com o verdadeiro personagem de meu livro. Alegou sentir curiosidade pela figura central de *Lobos entediados*. Quem sabe pudesse colher de uma conversa ideias que viessem a ser úteis a nosso roteiro?

Disse-lhe que Alex resultara de um enorme quebra-cabeça, produto que era da soma de várias histórias e distintas características de pessoas diversas de meu passado. Henrique não insistiu e desapareceu elevador abaixo com meus livros e papéis.

Após a publicação de *Lobos entediados* Max deixara de falar comigo. E causara alguns embaraços em meu jornal. Agira discretamente, para não dar a impressão de que vestira a carapuça. Mesmo porque ninguém, no Itamaraty ou na sociedade carioca, chegara a saber que ele servira de modelo para meu livro. *Mas ele soube.* E jamais me perdoou.

O que o levou a saber? Um detalhe. Um ano após sua chegada a Montevidéu, nós nos reencontramos em Buenos Aires, onde eu cobria uma visita presidencial à Argentina. Foi minha primeira viagem internacional. A primeira de uma série, que mais adiante me levaria a encarar um sem-número de missões ao exterior.

Max aparecera com Marina na recepção oferecida em nossa embaixada. *"Montevidéu fica aqui do lado"*, ele comentou, como se necessitasse justificar sua presença, agregando, com uma piscadela, que soubera de minha vinda por João Oswaldo. (Fora ele quem pressionara meu editor-chefe a me incluir na comitiva de jornalistas.) Seu piscar de olho sugeria que fazíamos todos parte de uma mesma família, o Presidente e seus asseclas, no topo da pirâmide; João Oswaldo, ele e eu, na base.

Não deixava de ter razão. Com isso me desnudara. Não precisou se valer do clássico: "*Você por aqui?*" Simplesmente sorriu ao dar comigo naquele cenário. O repórter que meses antes denunciara com indignação os suplícios impostos a *Peninha* no DOI-Codi de São Paulo agora selecionava seus canapés e taças de vinhos nos nobres e imponentes salões da embaixada do Brasil em Buenos Aires, a poucos metros do Presidente da República e seus convidados. Tudo dentro da normalidade.

Tanto que, encerrada a visita oficial, Max me convidara para almoçar. Escolheu o local a dedo, o Café Tortoni, que ambos sabíamos ser frequentado por Jorge Luis Borges. Um gesto requintado, a unir dois homens cultivados. Colegas, não exatamente de carreira, mas de bastidores.

Por meu lado, aceitei o convite de bom grado, animado pela perspectiva de ver, a distância que fosse, a venerada figura do escritor em sua mesa habitual, quem sabe na companhia de Bioy Casares e Victoria Ocampo. Movia-me, também, a esperança de que Marina se juntasse a nós, o que acabou não ocorrendo. ("*Compras, compras*", suspirou Max ao justificar sua ausência.)

Inspirado pelo bom vinho que tomávamos, Max passou a falar do clima de instabilidade urbana que vivíamos no Brasil, com sequestros, assaltos a banco e outros percalços. Em dado momento, referiu-se aos militares, a quem criticou com a desenvoltura de quem os servia de perto. E usou, não sei a troco de que, a curiosa expressão "bando de lobos". Por fim, entre duas garfadas, e sem parecer atribuir maior importância a suas palavras, concluiu sorrindo: "*homens, no fundo, entediados*".

Não havia assim possibilidade de que ignorasse o elo que passara a nos unir quando meu romance fora publicado. E disso dera provas ao cortar relações comigo. Tendo, porém, o cuidado de me fazer saber, por interpostas pessoas, que até então não tivera acesso ao livro.

Em momento algum João Oswaldo evocara o mal-estar criado. Sabia separar as coisas. E como autor que fora de uma *obra maldita* quando jovem, cuja origem secreta estava na raiz mesma de nossas relações, ele seria a última pessoa em condições de me criticar.

Essas lembranças me vêm à cabeça, agora que Henrique se foi. Aos poucos, porém, retorno à leitura do diário de Maria do Socorro, e aos problemas que ela enfrentava com Malaquias. Quero avançar um pouco mais por seu texto emaranhado. Encaro a aventura como uma viagem no tempo.

Em determinado momento, contudo, o telefone toca. É Henrique:

— Sabe da maior, parceiro?

— Diga lá.

— Seu amigo empresário. Foi um dos fundadores da Operação Bandeirantes. A famosa Oban. Acaba de ser revelado...

Cedo ou tarde o assunto viria à tona. Melhor enfrentar o touro pelos chifres.

— Eu sabia.

— *Você sabia?* Que ele foi um dos principais financiadores da repressão durante a ditadura? Que era amigo íntimo daquele sórdido Henning Boilesen que foi executado pela turma do Marighella em 71?

— Soube disso pouco antes de sua morte.

— E apesar disso...?

— Apesar disso, *nada*, Henrique. Nunca fomos amigos.

— Sei.

Como jornalista que fui por cinco décadas, conheço de perto o que se esconde atrás de um *"sei"* lacônico, sobretudo quando se faz acompanhar por um silêncio agressivo. Daí que coloco um ponto final em nossa conversa.

— Não, Henrique. Você *não* sabe. Mas não é conversa para hoje. E muito menos para ser levada ao telefone.

— Claro, claro — ele diz, no tom de quem cai em si. — Nem eu estou querendo...

— *Está*, Henrique. *Você está querendo.* O que, nem você sabe. Mas não tem importância. Eu próprio vivo às voltas com esses temas há meio século.

— Deve ser compli...

— E não há nada que você possa me dizer que eu já não saiba.

— Nem que...

Ele hesita, precisa de uma ajuda minha:

— Nem que...?

— ...não podendo escrever um livro sobre João Oswaldo, você tenha inventado o Alex?

— Nem isso, Henrique. Nem isso. Porque o Alex tem vida própria. E me deu acesso a uma história de outro nível.

— Mais charmosa... Itamaraty, palácios, embaixadas no exterior, casacas e condecorações, mulheres de vestidos longos...

— *Mais terrível.* A de personagens escorregadios ou tenebrosos que mudam segundo as circunstâncias. Renascem de suas cinzas, dão uma cambalhota, se reinventam, e voltam a subir em cena, com suas eternas máscaras de cortesãos. Perto deles, João Oswaldo não passa de uma figura linear. Foi sempre a mesma pessoa. Enriqueceu, ganhou peso, cortou ou deixou crescer o bigode, casou-se, divorciou-se, casou-se novamente, enviuvou, publicou livros, entrou para a ABL, morreu... Em momento algum mudou no que tinha de essencial. Não o conheci menino. Mas imagino que tenha sido igual. Já meu personagem, em criança, deve ter adorado brincar de bandido... Na hora do recreio, devia roubar a merenda de seus coleguinhas.

— Mas seguramente, João Oswaldo...

— Sim?

— ...terá tido seus segredos? Sua participação na Oban, por exemplo. Financiando assassinos...

Ele corre atrás de uma história e eu de outra. Duas histórias, um mesmo personagem.

— Quem sabe, Henrique? – respondo. – Como eu terei os meus. E, algum dia, você os seus.

31

A fusão de duas histórias lembra por vezes o encontro das águas de um rio com o mar. Uma delas desce paisagem abaixo com ímpeto próprio, levada por forças cujas origens desconhece, mas que não tem como controlar. Plácida ou torrencial, translúcida ou barrenta, a narrativa avança em busca de um desfecho. A outra, enquanto isso, nada mais faz que aguardar. Cedo ou tarde, absorverá a história menor. Esta não desaparecerá de todo, mas se manterá submersa. Por maior ou caudalosa que seja, não tem como se impor à imensidão que a espera.

Se Henrique é o rio, eu sou o mar. Algo ele descobriu em meus manuscritos. De lá para cá, vem se deixando levar pela correnteza. Quanto a mim, flutuo em meio a meus fantasmas. E espero. Como tenho feito há meio século. E, mais recentemente, desde a morte de João Oswaldo.

Fiz de meu reduto em Laranjeiras uma trincheira, conformado que estou com meu papel de cavaleiro solitário e errante, o último de minha linhagem. Henrique lembra uma versão remota de mim mesmo, quando bati à porta de João Oswaldo. Só que eu vinha embalado em uma saga. Qual será a dele? E que forma tomará ao se esgueirar por nosso roteiro?

Se roteiro houver... Pois é possível que ele tenha desistido de trabalhar comigo. Tratei-o secamente em nossa conversa ao telefone, pode ter ficado magoado. É que detesto insinuações. Prefiro saber das coisas às claras. Em matéria de dissimulações, bastam as minhas.

O problema, como tudo que me cerca, das verdades às mentiras, das lembranças às omissões, é que nada existe de preciso a meu respeito que mereça a atenção alheia – a ponto de produzir julgamentos críticos. *Acusações objetivas, que pudessem ser submetidas a tribunais?* Não... *Insinuações que, em nome da ética, erguessem sobrancelhas?* Certamente... Mas quem não terá tido direito a sua quota naqueles tempos? Resta então o mal-estar. E os pesadelos. Contra esses, porém, não há o que fazer.

Regresso aos textos de Maria do Socorro, meu refúgio a essa altura. Mas nem uma hora se passa e a campainha toca. É Henrique novamente. Dessa vez, em pessoa. Veio se desculpar.

– Parceirinho, o que é isso? – indaga afetuosamente.

Mais do que preocupado, parece ansioso. Cabe-me tranquilizá-lo. Mesmo porque, em minha história, detenho com folga o monopólio das culpas.

– Nada... – respondo. – Nada que tenha a ver contigo.

E por aí vou:

– Contigo ou com tua geração. Ou com o Brasil de hoje. É algo mais chegado às Capitanias Hereditárias. Nossa herança maldita.

Por uma vertente distinta, ele também faz um esforço:

— Nem eu quis, nem de longe, insinuar que...
— Eu sei. Esquece. A gente talvez possa mudar de assunto.

Ocorre-me uma ideia melhor:

— Ou mudar *a maneira de tratar do assunto*.

A saída pode ser essa. Para a cena que protagonizamos – e até mesmo para nosso roteiro:

— Você vira repórter, eu entrevistado. O filme que espere. Damos um tempo. Fazemos teatro.

— Ótimo... E o que faz um repórter ao pisar nesse teu palco?

— Perguntas.

— Perguntas?

— É.

— Quem foi Helena Duvivier? Para você.

— *Helena?*

No princípio, foi o desejo. Por cortesia de seios mais adivinhados do que vistos em uma blusa entreaberta. Depois, foi o horror, quando os alicates se detiveram em sua figura imobilizada sobre uma mesa. Finalmente, foi a tristeza. Quando me reencontrei com uma pessoa distinta, cujo rosto emergiu do passado tomado por distâncias intransponíveis.

Melhor saltar para o epílogo.

— Ela faleceu há uns dez anos – digo.

Busco o aconchego de minha poltrona, enquanto ele se refugia em seu lugar favorito, de pé próximo à janela aberta.

— Fui a seu enterro – prossigo. – Revi colegas de colégio que só reconheci a duras penas. Seu irmão mais velho pediu que eu dissesse algo na missa de sétimo dia. Não consegui. O padre me passou uma folha impressa, que li sem entender. Ela nunca se recuperara de todo. Andava de bengala. Só abriu mão dela muito depois de seu regresso. Mas nós pouco nos revimos ao longo dos anos.

Mantenho o olhar preso ao teto.

— Jamais teve filhos. Nas operações que fez na Suécia, em consequência dos efeitos da tortura sofrida na prisão, perdera o útero. Fora alguns poucos sobrinhos, havia apenas pessoas idosas na igreja. As lembranças dos presentes brotavam de nossa infância. Foi estranha a sensação. Não houve quem não notasse. Ficou muito claro no pouco que foi dito e nos abraços de despedida. Éramos todos crianças, unidas em um mesmo luto. Em alguma medida tínhamos todos sido torturados.

Com isso me calo. Sem transição, passo a pensar em Maria do Socorro e em Marina, as duas outras mulheres nessa minha reta final de vida. Marina morrera em um acidente de avião no Mediterrâneo e seu corpo nunca fora resgatado. Mas eu a revira inúmeras vezes no Rio de Janeiro depois que ela se separara de Max e voltara a se casar, dessa vez com um conhecido ator. E Maria do Socorro? Que tipo de enterro terá tido? Como suicida que cortara os pulsos em um quarto de pensão, tivera direito, por toda honra, a uma modesta nota de jornal. Mas onde fora parar seu corpo depois de despachado do IML? Onde ficam os cemitérios do Mangue e das esquinas sombrias da Lapa?

Incomodado com o silêncio que há algum tempo paira entre nós, Henrique se explica:

— Fui colega de escola de um sobrinho-neto dela, Marcelo Duvivier. Ele falava muito da tia-avó, que vivia reclusa. Tinha sido presa e *"torturada pela polícia"*, segundo me cochichou certa vez no recreio. Tive a ideia de fazer uma entrevista com ela para o jornal da escola. Um artigo ligado a nosso curso de História. Fomos recebidos por uma velha senhora. Quase não abriu a boca, mas sorriu muito para nosso grupo de adolescentes. A fotografia falou em seu lugar.

Imagens, sempre as imagens.

– Antes de obter a concordância dela para a entrevista, jantei com meu colega na casa de seu avô. Para saber até que ponto poderia intermediar o encontro. Foi ele quem me falou de você. E a partir daí passei a ler os teus artigos nos jornais e revistas, mesmo sem entender direito o que você escrevia. Porque eu era muito guri. Mais adiante, já na faculdade, encontrei teu livro em um sebo. O avô de Marcelo é muito grato a você. Doutor Paulo Alberto. Jamais se esqueceu de sua ajuda. No teu manuscrito, o do baú, encontrei o nome dela. Rabiscado na margem de uma das páginas. *Helena Duvivier*, seguido de um número de telefone. E só. Não achei nenhum texto sobre ela.

O telefone do apartamento no Humaitá. Ergo-me com dificuldade. É minha vez de me dirigir até minha estante. Algo na maneira com que caminho, devagar e meio curvado, leva Henrique a me acompanhar, como se estivesse atento à necessidade de me amparar. Paro na frente da foto, que nem retiro da prateleira. Henrique se inclina sobre ela e, após um instante de hesitação, toma-a em suas mãos.

– *Rapaz...* – murmura.

Recuo ligeiramente, como se a cena já não me pertencesse e Henrique se encontrasse em uma cripta de capela. Seu tom, ao deixar escapar uma única palavra por entre os dentes, revela-se fronteiriço ao sonho, e me faz pensar em Flavio. A bordo dessa lembrança, regresso aos tapetes recobertos por pétalas de rosas que íamos desenrolando para Helena à medida que ela passava por nós a caminho do recreio. *Rapaz...*, murmurávamos um para o outro nesse exato tom.

Não há roteiro que possa estar à altura dessa história. Tanto que Henrique recoloca a foto em seu lugar sem comentários – e eu tampouco acrescento uma única palavra ao que foi dito.

32

Mas esse nosso momento trouxe um benefício. Henrique entendeu que certas cicatrizes são tão profundas quanto invisíveis. Do gênero das que não abrem espaços para conversa. Torna-se assim impossível atribuir palavras a ocorrências. Porque não estou disposto a sacrificá-las no altar da trivialidade. Por respeito. E algo mais. Algo que tem a ver com...

– Medo... – murmura Henrique, como se falasse para si próprio.

Ele parece tão surpreso quanto eu. Como se a palavra tivesse escapulido de seus lábios, vinda sabe-se lá de onde – e por que milagre. Mas o olhar que cravo nele não lhe deixa alternativa.

– Parceirinho... – ele retoma. – Não fica zangado comigo.

O rio chegou ao mar. É hora de abrir nossas cervejas. Enquanto tomo o rumo da geladeira, ele acende um cigarro no qual dá uma longa tragada. O que dele vier a partir de agora chegará a mim envolto em fumaça. Como se subisse das entranhas da terra por obra e graça de um vulcão até aqui adormecido.

— Mas, de uns tempos para cá, ficou difícil trabalhar contigo. Você está cada vez mais triste. Como se estivesse...

É minha vez de ajudar, fazendo eco a suas palavras:
— Com medo.
— Loucura minha, claro. Mas é a impressão que você me dá.

Depois de uma pausa, acrescenta:
— Desculpa. Mas é como se você desconfiasse de mim.

Anima-se aos poucos, seu rosto ganha cor. A cada palavra galga um degrau a mais rumo a um tipo de clareza que ainda se mantém oculta, mas cujos contornos ao menos conseguiu incorporar a nosso diálogo:
— Ou tivesse receio de mexer em um vespeiro.

Muda de tom e agora soa quase paternal:
— Parceirinho, é só um roteiro. A gente coloca lá o que você quiser. Podemos até mudar o passado.

Mudar o passado? Depois de passar a vida fugindo dele?

O pior é que Henrique tem razão. Não podemos prever o futuro, nem deixar de nos submeter aos caprichos do presente. *Mas podemos mudar o passado.* E é o que farei – trazendo à tona o meu.

Respiro fundo. É minha hora de pisar no palco. *Só mesmo o cinema para me fazer chegar lá...* Mas agora já não será para falar de nuvens, nem produzir metáforas sinuosas sobre política. Minha maneira de penetrar na história, contudo, será a mesma. Terá um sabor de conto. *Era uma vez...*

Olho a minha volta, como se minhas três companheiras estivessem sentadas no sofá a meu lado e aguardassem, elas também, entre atentas e curiosas. *The world was a faraway place...*

– É melhor você se sentar – sugiro. – Pode trazer seu cinzeiro, a fumaça não me incomoda.

Quem parece temeroso agora é meu cineasta. Mas tampouco deseja conferir à cena uma solenidade excessiva. E é rindo que se instala no sofá. Uma vez acomodado, faz questão de chocar sua latinha de cerveja contra a minha, como se o brinde não apenas selasse nossa amizade, mas servisse de salvo-conduto para o que ainda está por vir.

– Era uma vez... – principio.

Inclino-me em sua direção.

– ...João Oswaldo Albuquerque. Um homem que teve uma enorme importância em minha vida.

Não é por aí, penso. Adotei sem querer um tom discursivo que não ajuda. Como se falasse de um púlpito. Ou mudo de rumo e atitude, ou não chegarei a lugar algum.

– Enfim... – recomeço. – Por uma série de circunstâncias, ele deu um grande impulso em minha carreira. E eu, por meu lado.

O gesto de impotência diz tudo. Henrique limita-se a comentar:

– Eu sei... – ele diz. – Li a reportagem da *Manchete*. Entendi tudo.

– Pois é.

Além de rápido, Henrique é intuitivo. O que lhe falta de vida ou bagagem sobra em agilidade. Em certo sentido, formamos uma boa dupla, ele e eu, porque agilidade nunca chegou a ser meu forte. Agora então, que corro em vão atrás de minhas lembranças...

— Antes de me tornar um jornalista mais conhecido, percorri todo o circuito habitual a minha espécie, das portas de delegacias, onde comecei, às matérias de divulgação. Fazia o que meu editor mandasse, indo de um lado para o outro a qualquer hora do dia ou da noite, e completava o orçamento com traduções. Falava bem inglês, meu pai tinha me colocado na Cultura Inglesa do Posto 6, uma casa de três andares que ficava na Avenida Atlântica, entre a Rainha Elizabeth e a Joaquim Nabuco. Um quarteirão onde João Oswaldo mais adiante construiria um enorme prédio. Nunca o perdoei por ter colocado abaixo a Cultura Inglesa.

Henrique sorri polidamente. Não é bem a história que esperava, mas a tarde se anuncia chuvosa e ele provavelmente não tem nada melhor para fazer. Ou está curioso. Com isso, sinto-me à vontade para continuar a tatear na penumbra com minha bengala existencial. Quando der fome, mando subir uma pizza do bar da esquina.

— Comecei com romances policiais, Raymond Chandler, Ross MacDonald, Dashiell Hammett... A primeira tradução de *Falcão maltês* a sair no Brasil foi minha. Depois traduzi Fitzgerald e daí cheguei a Saul Bellow. Era um trabalho que pagava mal, mas que me distraía muito, e trazia certo prestígio. Eu não era o único metido nisso em minha geração de jornalistas, é claro. Muita gente em nosso meio vivia sobretudo de tradução. Mesmo porque o pagamento dos jornais atrasava, não dava para contar com o dinheiro ao final do mês. Um de meus colegas do *Diário Carioca*, o Antonio Rocha, participou da trinca responsável pela tradução de

O apanhador no campo de centeio, de J. D. Salinger. Seus dois outros parceiros de aventura eram do Itamaraty. O Rocha acabou também ingressando no Ministério. Daí que deixou o *DC*.

— Todos colegas de Alex...

— Obra-prima, o *Catcher in the Rye*... — comento, ignorando a isca que ele me oferece. — Pelo menos assim me pareceu na época. Hoje, não sei. Os livros mudam com o passar dos anos.

Henrique ri da brincadeira. E acende outro cigarro.

— É... — concordo finalmente, no tom de quem já não tivesse como fugir da raia. — *Todos colegas de Alex no Itamaraty*. Colegas, mas não amigos, veja bem.

— E foi por meio deles que você manteve contato com o Ministério? *Lobos entediados* também deve algo a seus amigos do Itamaraty?

Tem pressa o rapaz. O problema é que as coisas não se passaram dessa forma, ainda que a pergunta de Henrique proceda. Pois sem fontes não haveria livro.

— Digamos que havia uma série de pessoas, dentro e fora do Itamaraty, com as quais eu tinha afinidades políticas.

Antes de perdê-las, por pouco acrescento.

— E esse elo nos unia. O mar não estava pra peixe naqueles tempos.

Volto ao que interessa:

— Com a ajuda do João Oswaldo, fui aos poucos me ocupando de política nos jornais por onde passava. Reportagens genéricas, de início. Entrevistas, depois. Ele tentou me colocar no *JB*, mas acabei parando no *Correio da Manhã*, onde o ambiente fervia. Era o único jornal a fazer oposição declarada aos militares. Tanto que foi minguando até fechar. Mas aprendi muito por lá. Paulo Francis gostava de mim. Fui apresentado a ele por Flavio Eduardo.

– Flavio Eduardo?

– Um amigo de infância. Foi crítico de *jazz* do *DC* e, quando o jornal fechou, passou-se para o *Correio* a convite do Francis. Faziam com Alfredo Grieco, José Lino Grünewald e mais dois ou três, o famoso Caderno de Domingo. De vez em quando, eu também publicava um artigo por lá. A primeira matéria sobre Paulinho da Viola a sair na imprensa foi minha. Ele até hoje fala disso quando a gente se reencontra. Outro dia estive com ele.

– Meu pai era seu leitor. Gostava do que você escrevia. Mas nunca entendeu um artigo seu criticando Gilberto Gil.

– Criticando Gilberto Gil? *Eu?*

– Gil tinha acabado de lançar um disco, *Coragem pra suportar.* E você teria publicado uma resenha muito negativa intitulada "Coragem pra suportar Gilberto Gil".

– Isso jamais aconteceu. Deve ter sido outra pessoa.

– Pode ser. Mas meu pai tem boa memória para essas coisas.

Estamos cada vez mais distantes de minha história – e de nosso roteiro. É vasto o mar, profundo, cheio de correntezas imprevisíveis. O rio que se mantenha calmo e aprenda a aguardar sua hora de chegar à foz

33

— Em fins de 1970 fiz minha primeira viagem internacional. Fui a Buenos Aires, para cobrir a visita presidencial do General Emílio Garrastazu Médici à Argentina. Já estava, àquela altura, no *Jornal do Brasil*.
— Por cortesia de João Oswaldo.
— Por cortesia de João Oswaldo, que sempre pôs um olho em mim. Na época, ele já se destacara como empresário na área da construção. E conhecia muita gente na imprensa, nos meios de comunicação. O Brasil era um país comparativamente provinciano naqueles tempos. Fora algumas famílias mais tradicionais, não existiam grandes fortunas como ocorre hoje. Os empresários eram pessoas com poder e dinheiro, mas nada que se compare, em números absolutos, à escala atual. Em compensação, uma pessoa como João Oswaldo, que contava com prestígio social e visibilidade, era politicamente influente. Ele tinha suas entradas. E como também era charmoso, conseguia mais ou menos o que queria, dentro de certos limites. E, no que me dizia respeito, ele queria...

O que, exatamente?

— A verdade é que não sei. Mas isso tampouco importa. O que importa é que, operando dos bastidores, ele acompanhava minha carreira e até se permitia opinar em um sentido ou outro quando me via hesitar entre duas opções. Por obra dele, eu por vezes recebia alguns convites inesperados. E um deles foi esse, para integrar a comitiva de imprensa que acompanhou o Médici a Buenos Aires. Fiquei surpreso quando me designaram, porque eu tinha pouco tempo de casa. Mas aceitei.

Na realidade, e isso omito de Henrique por uma espécie de pudor, aceitei com entusiasmo. Entre outras razões, porque nunca tinha viajado de avião. Viajava-se pouco em meu meio e classe social quatro décadas atrás...

– Em Buenos Aires, nossa embaixada organizou em seus salões e jardins uma vasta recepção em homenagem ao Presidente e às autoridades argentinas. Lá revi um jovem diplomata carioca com quem tinha estado algumas vezes no Rio, e que tinha sabido de minha vinda a Buenos Aires por João Oswaldo, que era nosso amigo comum. *"Por que você não aproveita para vir nos visitar em Montevidéu?"*, sua esposa sugeriu a certa altura de nossa conversa. *"Estamos tão pertinho de Buenos Aires..."* Ambos insistiram muito no convite, de forma afetuosa. João Oswaldo seguramente vinha falando maravilhas de mim.

– Foi daí que surgiu seu personagem? O Alex?

Henrique está um pouco colado demais em mim. Não se trata de pressão. Mas é como se ele dispusesse de chaves isoladas sobre minha vida e, com isso, tivesse como balizar meu relato. Só que me atrapalha mais do que ajuda. Ele ainda não sabe, mas eu preciso chegar a algum lugar. Em vez de responder continuo minha história:

— O fato é que eu contava com uma semana de férias e não tinha maiores planos. Finda a missão oficial, permaneci dois ou três dias em Buenos Aires e acabei dando um pulo a Montevidéu. Solicitei à Varig que reitinerasse meu regresso e, para não pagar a diferença, cruzei o Rio da Prata em um *ferry*. Foram seis horas encantadoras. Lembro até hoje o nome do barco, *Ciudad de Rosario*. Li muito, fiz fotos, joguei dominó com uma inglesa...

Outro detalhe que prefiro omitir: visitara o camarote da inglesa durante parte da travessia, contabilizando o número de vezes que ela exclamara "*lovely*" com uma voz rouca e arfante. A intimidade que tenho com Henrique não passa por esse tipo de registro. Uma questão de idade, talvez. Falta-me a candura de Maria do Socorro para falar de sexo. Ou superei a fase de evocar esse tipo de lembrança.

— Em Montevidéu o casal quis me hospedar a todo custo, tinham quarto de hóspede e tudo, mas eu insisti em ficar em um hotel. Queria tirar o máximo partido de minha liberdade. Estava gostando da sensação de me descobrir sozinho em uma cidade estranha e familiar ao mesmo tempo. O centro de Montevidéu lembrava muito o Rio antigo, só que de forma bem decadente, com táxis prontos para desmontar a cada buraco, e anúncios luminosos no topo dos edifícios com letras parcialmente apagadas projetando na noite mensagens banguelas. A vida era barata no Uruguai, além do mais, e isso ajudou, o pouco dinheiro que eu tinha rendeu bastante. Tirei muita fotografia também, o Rocha tinha me emprestado uma de suas máquinas, e me dado alguns conselhos práticos. Foi como se eu estivesse em outro país, mas sem ter deixado de todo o meu.

Henrique está atento a meu monólogo. Minhas três companheiras também, seria capaz de jurar. Curioso imaginar Marina, àquela altura grávida, balançando a cabeça em sinal de assentimento.

— Respirava-se, e isso foi fundamental para meu estado de espírito, um clima de total liberdade no Uruguai. O país contava com uma sólida democracia, que a ditadura no Brasil e a instabilidade argentina ainda não tinham contaminado. Tanto que por lá viviam nossos exilados, de Jango a Brizola, sem esquecer o primeiro escalão do governo deposto.

Lembro que um de meus grandes prazeres era visitar livrarias e comprar jornais europeus, mesmo atrasados. Podia-se ler de tudo. Inclusive sobre o Brasil. No Uruguai soube de fatos chocantes, a respeito dos quais, no Brasil, tínhamos notícias apenas indiretas e parciais.

— Acabei indo dar no Sorocabana, um bar bem ao estilo dos cafés madrilenhos de antigamente, com mesinhas redondas de mármore e uma clientela de intelectuais. Vi advogados despachando processos com clientes, como se estivessem em seus escritórios. Vi jornalistas de todas as procedências trocando informações. *"Você poderá encontrar confrades por lá que defendam os Tupamaros..."*, Marcílio tinha me dito.

— Quem, o jovem diplomata? Ele se chamava Marcílio?

— Sim, Marcílio. Max, para os amigos... Mas continuando, no Sorocabana senti-me um Hemingway às voltas com a Espanha durante a guerra civil.

— E a guerra civil acabou baixando por lá também.

— É, o Uruguai caiu pouco depois. Três meses antes do golpe no Chile. A região estava mesmo bichada.

— O cenário de *Lobos entediados*... Quando li teu livro, fiquei me perguntando de onde você tinha tirado aquele café.

— Deve continuar por lá até hoje. Ficava ao lado da Chancelaria uruguaia...

— E o casal, você reviu com frequência naqueles dias?

— Almoçávamos juntos, seja na casa deles, seja em algum restaurante, nesse caso a convite de Marcílio, que não me deixou pagar conta alguma. *"No Rio você convida"*, ele dizia rindo. E, das quatro noites que passei em Montevidéu, estive por duas vezes no apartamento deles, uma das quais jantando com alguns colegas do casal, uma turma jovem e simpática. Eles moravam em um duplex no centro da cidade. Um prédio antigo, mas cheio de charme.

Recordei-me aqui de João Oswaldo e acrescentei:

— Com um pé-direito bem alto.

Henrique, no entanto, não parece se interessar especialmente por arquitetura. Corre atrás da engenharia da história:

— E a embaixada? Você andou por lá?

— Não. Mas encontrei com Marcílio na saída de seu trabalho, quando fomos almoçar em um restaurante distante e tivemos que ir de carro. No pátio, ele me apresentou a um assessor do adido militar com quem jogava pôquer.

— O major Vaz de teu livro, depois coronel Vaz.

— O próprio. Simpaticão, bonachão... O lado *light* do SNI.

– Porque a barra pesada...

– Dessa se encarregava o embaixador. Não tinha rivais...

– O homem da capa preta. Mas sobre ele Marcílio não abriu a boca.

– Não, sobre seu chefe não me disse nada. Apenas *"que era um homem da velha escola"*. Na época imaginei que estivesse se referindo a antigas tradições do Itamaraty. Depois vimos que...

– ...que não era bem isso.

– ...ou não era apenas isso.

Continuo mantendo Henrique sob rédea curta, mas não resta dúvida de que as distâncias entre nós diminuíram. Uma sensação que, agora, já não me desagrada, como se minhas lembranças estivessem descongelando e a realidade aos poucos se fundisse à ficção. Quem sabe através dela chegasse a algum lugar?

34

Estamos sentados à mesa, separados por uma pizza digna de nossas melhores expectativas. Enquanto nos servimos, namoro algumas alternativas que me permitam ingressar de forma suave, quase imperceptível, no olho de meu ciclone.

– No corredor, tem uma fotografia pendurada na parede – comento então. – Perto da porta do banheiro.

– Eu vi – responde Henrique. – Uma mulher com a bandeira do Brasil nas mãos, cercada por um grupo de homens soturnos.

– Com dois soldados de costas para a câmera, empunhando fuzis, impedindo que o grupo avance.

– É. Estão meio fora de foco, os soldados.

– Como convém a homens dispostos a disparar...

– Foi você quem tirou?

– Não. Foi o Antonio Rocha, aquele meu amigo de jornal. Mas a censura vetou a foto e ela jamais foi publicada pelo *Diário Carioca*. Pedi ao Rocha uma cópia ampliada. E ele deu um jeito de colorir a bandeira na mão da mulher. O verde-amarelo contrasta com a imagem acinzentada. Você reparou na tristeza das pessoas à volta dela?

– Não... Nem olhei a fotografia direito, para falar a verdade. Teu corredor é meio escuro. A lâmpada do teto está queimada.

– O flagrante foi feito na Candelária. Em uma manifestação contra a repressão militar, com a participação de familiares dos mortos e desaparecidos. O olhar daquela mãe, que também pode ter sido uma esposa ou filha, é de doer. Na imagem, não há um rosto que não traduza desespero. Você tem ideia do que isso significa? Ou significou na época? Essa dor?

Henrique não tem como responder. Nem como reagir a minha pergunta. Mas tenta investigar sua razão de ser:

– Você perdeu algum parente na ditadura? Algum amigo?

– Não... – digo depois de um momento.

E acrescento:

– Mas, em certo sentido, acho que sim. Um desconhecido...

A resposta, no lugar de clara ou descomplicada, coloca o assunto onde precisa se situar: no plano da ambiguidade. Henrique pega outro pedaço de pizza e termina sua cerveja.

É hora de deixar o Uruguai. E de abandonar minha redoma.

– Na saída de Montevidéu ocorreu um imprevisto. A Varig tinha reitinerado minha passagem em Buenos Aires, mas se esqueceu de confirmar a reserva. Quando cheguei ao aeroporto, não havia um único lugar no voo. O avião estava lotado e não havia mesmo o que fazer. Só que meus prazos estavam estourados no jornal e eu precisava retornar para o Rio de qualquer maneira. Telefonei para Marcílio, na esperança de que conhecesse o gerente da empresa e pudesse interferir. Ele disse que não me preocupasse. Meia hora depois, chamou de volta. Tinha resolvido o meu problema.

Faço uma escala na geladeira em busca de combustível, sem o que esta história não levantará voo.

"Nosso jatinho da FAB está saindo com o correio diplomático em três horas mais", ele me disse animado. *"Chegará ao Rio pouco depois desse teu voo..."* Estava alegre, orgulhoso com sua proeza. Tanto que acrescentou: *"Você teve sorte. O voo é semanal... E, além da sogra do Brigadeiro, que volta ao Rio com uma amiga, e do jovem diplomata responsável pelo correio, o jatinho está vazio. Falei com o Adido, ele disse que te embarca sem problemas. Já dei teu nome para ele. Mas preciso do número de teu passaporte."*

Abrimos nossas respectivas latas de cerveja no mais absoluto silêncio, Henrique e eu.

— Eu ainda pensei em reagir, mas era isso ou nada: na Varig eu só teria lugar dois dias depois. Meu dinheiro tinha acabado. E havia a questão de regressar a tempo ao *JB*. Agradeci e fiquei esperando pelo sargento que me levaria até a base aérea uruguaia. Uma hora depois, quando meu voo comercial estava sendo chamado pelos alto-falantes, o militar apareceu em um jipe.

Após uma pausa, acrescentei:

— Em quinze minutos estávamos na pista onde nos aguardava o jatinho. E aí as coisas se complicaram.

Um sinal de alerta, mais do que um simples rabo de frase. No caso de Henrique, para prepará-lo. No meu, para conseguir reembarcar nesse avião, a bordo do qual sempre decolo sem jamais aterrissar.

— Um oficial da aeronáutica baixou da escadinha do jato e disse duas frases ao sargento que me acompanhava. Este engatou uma primeira e nos conduziu até um hangar próximo. Achei que em seu interior encontraria a sogra do Brigadeiro e sua amiga, além do funcionário encarregado do correio diplomático. Mas não havia ninguém, só um gato deitado ao pé de quatro cadeiras. *"O tenente falou para o senhor esperar aqui"*, disse o sargento depois de parar ao lado das cadeiras e baixar minha mala. Acrescentou a título de explicação, antes de voltar a ligar seu motor: *"É que o avião está sendo abastecido, o que demora um pouco, e vai chover."* De fato, o céu tinha ficado preto em uma questão de minutos.

Aqui em Laranjeiras a chuva já começou a cair, mas nada tem de sombria ou ameaçadora. Uma simples chuva de verão... Henrique me ajuda a tirar a mesa e jogar fora os restos de comida.

— Tenho goiabada e queijo catupiry — informo. — Serve?

— Serve... — ele responde.

Voltamos a nos sentar, dessa vez diante de nossas sobremesas.

— Minutos depois, um telefone começou a tocar no hangar. Um soldado surgiu não sei de onde e correu para atender. A distância ouvi sua voz que gritava: *"Sim, coronel. Não, coronel. Sim, coronel, ele já chegou. Está aqui, sim senhor. O carro da embaixada com o diplomata? Não, coronel, ainda não chegou. Entendido, coronel."* Quando desligou, o soldado se aproximou de mim, bateu uma vaga continência com dois dedos e apontou para as cadeiras. *"Se quiser, pode sentar. Fique à vontade. Só não pode fumar."* E me deu as costas.

Henrique riu. E eu também.

– Pois é... – prossegui. – Nada como se sentir à vontade em um hangar deserto a minutos de embarcar em um jato da FAB em 1970... Mas me sentei. Ia começar a reler *Ficciones*, que trazia ao bolso, quando apareceu uma camionete com placa diplomática, que parou a poucos metros de mim. Dela desceu, para minha surpresa, um homem mais velho do que eu tinha pensado. De terno e gravata, sorriu de forma simpática. *"Você é o jornalista amigo de Marcílio?"*, perguntou retirando os óculos escuros. Respondi que sim. Ele apertou minha mão e se apresentou: *"Celso Camargo."* Em seguida recebeu a sacola de lona verde-amarela que o motorista retirara do banco de trás. Aí apontou para a sacola e disse: *"Chamamos de mala, mas não passa de um saco de lona. Para mim, representa meu bilhete para um bom fim de semana no Rio."* Com isso riu, colocou a sacola sobre uma das cadeiras e se sentou em outra. Depois me convidou a seguir o seu exemplo. Nesse meio-tempo, o motorista tinha depositado uma maleta a seu lado. Isso feito, disse respeitosamente: *"Buen viaje, Señor Ministro."* Eu voltei a me acomodar na cadeira, dessa vez com a mala diplomática entre nós dois e o gato a nossos pés. Por alguma razão que me escapou na hora, meu companheiro achou que me devia uma explicação. *"Em geral, correio diplomático é feito por colegas mais jovens. Mas eu estava precisando ir ao Rio e me ofereci. É mais prático e mais rápido do que a Varig."* E aí me brindou com uma confidência: "*E mais barato...*" Foi minha vez de rir, embora intimidado. Intimidado com a situação em que me encontrava, com o hangar, com o jato imóvel lá fora, com o céu cada vez mais negro, e com algo que não tinha como definir, mas que de alguma maneira emanava daquele homem bem-posto, bem-barbeado e bem-vestido. E assim ficamos por uns momentos. "*E a sogra do Brigadeiro?*", perguntei a certa altura para romper o silêncio. Ler me parecia fora de questão, estávamos próximos demais um do outro, separados apenas pela sacola de lona com sua carga de segredos e mistérios. "*Desistiu da viagem...*", ele respondeu. "*Resolveu ficar mais uns dias em Montevidéu com a amiga. Seremos apenas nós dois. Nós dois e...*" Aqui ele se calou por uns segundos, como para dar uma ênfase especial ao que ainda viria, e se inclinou em minha direção para dizer em um tom mais baixo "*...e um dos nossos, que está ferido.*" Soltou então longo suspiro sem retirar os olhos de mim: "*Um capitão de nossa adidância, que se queimou bastante com um lança-chamas em um treinamento com os uruguaios. E que preferiu se cuidar no hospital do Exército no Rio. O coitado vai viajar de maca. Está todo enfaixado.*" Por meu lado, só consegui repetir em um fiapo de voz: "*Coitado...*" E ele, como para me tranquilizar: "*São apenas três horas de voo. E ele está sedado.*"

– Você quer um café? – ofereço a Henrique.

– Quero... – ele responde como se tivesse pressa.

Seu olhar evita o meu. Mas é cordialmente que indaga:

– Você quer ajuda?

— Com a história? — brinco a caminho da cozinha.
— Ou com o café?

Acendo o fogão atento a sua risada. Mas ele está tão nervoso quanto eu. Apesar disso, corre um risco calculado — e sonda:

— Era o que eu estou pensando?

— Até onde sinto, até onde imagino, até onde indicam meus pesadelos, sim, *era o que você está pensando*. Em dado momento uma ambulância parou diante da escadinha do avião. O diplomata puxou um assunto qualquer comigo nessa hora precisa, enquanto dois homens embarcavam a maca com todo cuidado. Quando subimos a bordo, meu colega de voo sugeriu que ocupássemos os assentos da primeira fila. Acomodei-me na janela esquerda, ele na direita, separados pelo corredor. A mala diplomática, ele pousou na cadeira de trás. Seis fileiras nos separavam do ferido. Ainda assim, ao subir a bordo, eu vira a maca pousada no chão, com um oficial de óculos escuros sentado ao lado e outro de pé mexendo no bagageiro. Foi a primeira e última vez que olhei para trás. Levei uma eternidade para atar meu cinto.

Enquanto faço o café, recordo-me de dois fatos adicionais: o comandante deixara sua cabine e viera nos desejar boa viagem. Batera continência para Celso Camargo e me distinguira com um vago aceno. Trocara algumas palavras com o diplomata sobre as condições de voo e o tempo que fazia no Rio. Em seguida voltara seu olhar para os dois oficiais ao fundo e indagara em voz alta: *"Tudo bem aí atrás?"* E de lá viera a resposta em coro: *"Positivo, Comandante."*

O segundo fato teve a ver com uma cortesia de meu companheiro de corredor. Pouco antes da decolagem, ele abriu sua pasta e me ofereceu umas revistas. Eu agradeci, mas lhe mostrei o livro, sinalizando minha intenção de me dedicar a sua leitura pela duração do voo. E ele se concentrou em alguns papéis que examinou durante a viagem. Uma viagem que se revelaria interminável...

Ainda da cozinha, como se estivesse às voltas com atividades mais importantes das que trazia à tona, dou sequência à história:

– O banheiro ficava na parte de trás do jatinho. Celso Camargo tinha me alertado para o pormenor ao sugerir que eu usasse o do hangar antes de embarcarmos. *"Por causa da maca no corredor..."*, explicou, como se necessário fosse. Já não se tratava de um ser humano, dotado de identidade e personalidade próprias que ali estava, e sim *de uma maca*. Isso dito, repetiu: *"São apenas três horas de voo."* Senti que ele estava nervoso. Não muito. Não a ponto de transpirar em sua camisa, por exemplo, ou afrouxar o colarinho que se manteve impecável durante o voo. Digamos que ele estava atento.

Assim fora. *Ele se mantivera atento.* A mim, a minhas reações. À possibilidade de que eu não estivesse administrando a situação dentro dos padrões amenos de normalidade de que ele se tornara porta-voz e avalista.

Como de hábito, hesito em ingressar no terreno das suposições. Pois elas até hoje se embaralham em minha mente, sem que os ensinamentos herdados de mestre Pompeu no velho *Diário Carioca* me ajudem nesse gênero de percurso: *who, what, when, why, where*? Mas vou em frente:

— Deduzi então que Marcílio metera seu colega e superior numa tremenda fria ao me encaixar nesse voo da FAB sem consultá-lo. Seguindo essa mesma linha de raciocínio, concluí que o mal-entendido se estendera aos dois adidos. O do exército, que se valera do jato em uma emergência "técnica"; e o da aeronáutica, que, ao me aceitar a bordo, talvez não tivesse presente o embaraço que acabara de criar. O quadro inesperado obrigara Celso Camargo a tomar, na última hora, o lugar do jovem diplomata e se encarregar, ele, de sua missão. De modo a me monitorar ao longo da viagem e tornar palatável o que, a meus olhos, poderia parecer estranho. Ou fora do normal.

São hipóteses com que lido há mais de quatro décadas. Vindas da cozinha, minhas palavras ecoam pelo apartamento com uma solenidade que confere à narrativa uma qualidade algo próxima ao sobrenatural.

— Quando aterrissamos na Base Aérea do Rio, vi uma ambulância militar parada na pista. Mal o jato desligou suas turbinas, Celso Camargo ergueu-se e se manteve gentilmente de pé ao corredor, abrindo passagem para mim e, com isso, me impedindo de lançar um último olhar para a parte traseira do avião. Um carro oficial nos esperava a meia distância. *"Posso te dar uma carona até o Centro..."*, ele disse em um tom cortês, mas desses que não admitem réplicas. Queria me tirar dali o mais rápido possível.

Regresso à sala com os cafés e alguns biscoitos. Henrique me acolhe com um comentário desajeitado, mas carregado de afeto:

— Você não teve culpa.

O mesmo dissera para João Oswaldo em outros tempos e outro contexto.

Jamais revelara a história do jato a quem quer que fosse. A paisagem na qual me perco há anos de repente mudou. Já não me encontro a sós, a bordo desse avião. Henrique me acompanha. O relato deixou de ser apenas meu. Cabe a ele, agora, administrar comigo o enigma da maca.

— Falar ajuda — consigo dizer. — Falar contigo ajuda muito.

Mas tampouco basta. E é só quando me surpreendo acendendo um cigarro roubado ao maço dele, o que faço com a naturalidade forçada de um autômato, que noto o quanto estou desnorteado. Não fumava havia pelo menos trinta anos. A primeira tragada por pouco não me derruba.

Henrique limita-se a chocar sua latinha de cerveja contra a minha uma vez mais. *"Estou aqui, parceirinho..."*, parece dizer. Fico grato pelo apoio. Por singelo que seja seu gesto, ele me toca. Traz o amparo de que necessito para prosseguir. Sem me sentir excessivamente perdido:

— Poderia ter me dirigido ao Escritório das Nações Unidas em Brasília. E, por seu intermédio, delatado o esquema a algum Comitê da ONU. Poderia ter me exilado e botado a boca no trombone no exterior. Poderia ter...

— E se fosse mesmo um capitão de nosso exército que estivesse ferido na maca? Viajando para se tratar em um hospital brasileiro?

— É possível... É possível, Henrique, *mas não é provável*. No contexto daquela época. Dada a natureza dos trabalhos que aquelas figuras realizavam no Uruguai junto a nossos exilados. O problema está nessa maldita distância a separar o possível do provável. O homem poderia ser mesmo "um dos nossos". Só que sendo *repatriado* por cortesia dos uruguaios.

Uma nova pausa e repito:

– O problema está todo aí.

E acrescento:

– Mas não apenas aí.

Henrique tarda um tempo antes de insistir:

– O que houve? *A mais?*

– João Oswaldo.

– Nosso empresário? O imortal soube da história?

– Mal desembarquei, ele me telefonou. Ligou para o jornal, o que nunca tinha feito. Queria estar comigo naquele mesmo dia. Respondi que não dava, mas topei encontrá-lo no dia seguinte. Fazia uns três meses que não nos víamos, embora a gente se falasse por telefone de vez em quando. Fomos comer no Albamar. A certa altura, ainda no início do almoço, como quem não quer nada, ele me saiu com a seguinte frase: *"Parece que teu regresso de Montevidéu foi meio movimentado."*

– Podia estar se referindo ao cancelamento do voo da Varig – interrompeu Henrique. – E ao voo improvisado no jatinho da FAB. Afinal, Marcílio estava certo: *você teve sorte*. Maior coincidência, impossível. Um voo providencial, no fundo. Trágico, talvez. Mas providencial.

Ele refaz, pela via do afeto, uma rota minha conhecida. Trilhada incontáveis vezes ao longo de dez mil noites maldormidas. E por que não? Tudo não era possível?

– Eu nem respondi. Ainda estava desorientado com o episódio. Nem cheguei a me interessar pelo sentido oculto de seu *"movimentado"*. Fechei a cara e fiquei calado. Ele fingiu que não reparou. *"Marcílio me telefonou de Montevidéu ontem pela manhã. Está transtornado. Com a história do capitão que viajou com vocês."* Dei um tempo. *"Capitão?"*, perguntei em um tom gelado. *"É, o capitão..."* Seguiu-se um silêncio. *"Pode tranquilizar Marcílio"*, acabei dizendo. *"Não pretendo tocar no assunto com ninguém. E muito menos comentar o episódio no jornal."* Mas ele não se deu por achado. *"Isso ele sabe. Disso ele não tem dúvidas. Mas está preocupado com você. Com o que você possa estar pensando. Com todos esses boatos que correm soltos hoje em dia..."* Aqui eu olhei para ele de frente, encarei mesmo: *"E o que é que eu poderia estar pensando, João Oswaldo?"* Veio então o recado: *"Ele me pediu para te dizer que, se a história fosse outra, você jamais teria embarcado nesse voo."* Era um pouco demais e eu não resisti: *"Porque a história poderia ter sido outra?"* Ao que João Oswaldo respondeu: *"Lógico que não. Mas Marcílio estava muito nervoso. Disse que o Celso Camargo ia pedir a cabeça dele. Ao SNI ou ao Itamaraty. Por ter colocado a embaixada e a FAB em uma situação delicada por causa de uma coincidência lamentável. Você sendo jornalista."*

Ao abrigo da coincidência lamentável coloco um ponto final em minha história. E dou um último gole em meu café.

– A conversa morreu aí? – indaga Henrique.

– Morreu.

– Mas não o assunto – ele diz. – Virou um espinho encravado.

– Encravado na alma. O jeito foi escrever. Foi aí que me descobri escritor. E, não podendo denunciar o que se passara naquele voo, ou o que *eu achava que tivesse se passado naquele voo*, escrevi um romance *ao redor do episódio*. No qual falei de tudo *menos do jatinho*. Promovendo Marcílio, Celso Camargo e seus comparsas a meus personagens. Foi a maneira que encontrei de homenagear o desconhecido em sua maca. Construindo todo um mundo a sua volta. Do qual ele se tornou uma espécie de epicentro invisível.

Já Maria do Socorro, dava-me conta agora, fora mais corajosa. Deflorada pelo tio em seu sertão, ela descera do Nordeste de prostíbulo em prostíbulo até chegar ao Mangue e se instalar na Lapa. Atracara-se a seu diário – *sua vida,* como dissera ao delegado em um momento de vertiginosa lucidez. Nele escrevera tudo, *a começar por seu estupro.*

Quanto a mim, depois de ter vendido a alma ao diabo, e feito um circuito semelhante ao dela, guardadas as circunstâncias e proporções, eu também havia escrito sobre tudo – mas omitira meu estupro.

Havíamos continuado imersos em nossas respectivas tristezas, as dela compreensíveis, as minhas nem tanto. Ou nem sempre. Mas tínhamos ambos contado com uma âncora – e graças a ela sobrevivido: nossos textos.

– E se eles fossem mesmo inocentes? – Henrique volta a insistir.

Sinto-me tão distante, dele e do mundo que me cerca, que por um momento custo a registrar suas palavras.

– E se eles fossem mesmo inocentes? – Henrique repete. – E se esse episódio só existisse em sua cabeça? Como Marcílio alegou ao telefonar para o João?

João... Henrique começa a criar uma intimidade com minha história que me soa no mínimo precipitada, para não dizer artificial ou forçada. Por pouco sinto ciúmes do que chega a mim como uma usurpação. *Uma a mais...* O que bem dá a medida de meu abatimento.

Mas é uma maneira de voltar à tona e dialogar com ele:

– Ambos têm culpas diversas nesse gênero de cartório – digo por fim. – De outros tipos, graus e tamanhos.

– Suficientes para honrar nosso filme – ele concorda rapidamente.

Procura, em vão, me reanimar. Por meu lado, mantenho-me calado. Pois nessa história falta um vilão. Não me parece justo que eu tenha omitido de meu relato a razão que me levara, em um voo de três horas, a ler e reler *Tlön, Uqbar, Orbis Tertius* sem conseguir me concentrar em uma única palavra do texto a minha frente, transformado em manchas e borrões. A razão fora tão simples quanto evidente: a covardia que me dominara da decolagem à aterrissagem. E que me acompanharia dali em diante pela vida afora. Como se, depois de permanecer por anos a fio em uma cômoda antessala, eu, em uma questão de horas, tivesse sido forçado a cruzar uma fronteira sem retorno.

35

Manchas e borrões é o que eu encontrara nas páginas finais do diário de Maria do Socorro, que parecia ter chorado sobre ele ao escrever alguns de seus textos nessa etapa derradeira, impregnados que estavam de saudades de seus pais e sua única irmã. Detivera-se na vida do sertão, descrevendo de maneira rudimentar a paisagem da roça. Apesar das tristezas acumuladas, esta ressurgia idealizada em suas lembranças. A jovem não chegava a se queixar dos desafios enfrentados a duras penas no Rio, mas o contraste pesava em suas entrelinhas. O cerne de sua preocupação era essa irmã, bem mais jovem do que ela, e que Maria do Socorro sabia estar sendo assediada pelo tio. Imaginava-a enfrentando o mesmo horror com que se deparara anos antes, a que se somavam a fome, o desamparo e a falta de perspectivas. E ainda assinalara um pormenor: *"Ela coitada nem lê. Não gosta não."*

Ao virar a página, o que fizera bem devagar – pois me restavam poucas pela frente –, eu acabara tomando um susto: dera de cara com o Buick de João Oswaldo e por pouco fora atropelado por ele.

"Mas que carrão o desses bacanas!", ela exclamara para a amiga com quem dividia o ponto na esquina.

"*Todo grande e vermelho...*" E a amiga, de olho no futuro, anunciara: "*Vamos tirar muita grana desses otários.*"

Meu espanto era absoluto: *esse trecho final não constara do livro de João Oswaldo.* Seu texto parava nas reminiscências de Maria do Socorro, nas saudades da família que ela deixara para trás ao trocar o sertão pela cidade grande.

Eis então que, por uma inesperada cortesia de minha dama da noite, João Oswaldo me era apresentado. Quatro anos antes de conhecê-lo em pessoa. Na noite em que, por engano, ele fora parar na Lapa na companhia de um amigo. Ambos haviam convidado as duas mulheres para *um programa* no Aterro. Em umas semanas mais, ao sair do Municipal a bordo das muitas taças de champanhe tomadas no bar do teatro, ele voltaria a essa mesma esquina, só que desacompanhado. E, ao roubar o diário que eu agora tinha em mãos, daria início à saga de que se tornaria vítima.

Por outro lado...

Por outro lado, com que prazer João Oswaldo não imaginara, do fundo de seu leito de morte, minha perplexidade ao me deparar com essas linhas finais do diário? Ao dar com sua entrada em cena – *na história que nos uniria por meio século* – a bordo de seu Buick vermelho?

Em seu escritório, eu deixara o exame do caderno pela metade. E ele sempre tivera o fato presente. Tanto que o registrara em seu bilhete de despedida: "Até onde me lembro, você não terminou essa 'leitura..." Assim, depois de me estimular a produzir a *reportagem que jamais escrevera*, ele dera uma cambalhota – e se reservara a última palavra de sua saga. Entrando e saindo de cena. Pela última vez.

Um derradeiro brinde, por assim dizer. Com um bem-humorado sabor de travessura. Até porque o encontro fora condignamente registrado por nossa autora com igual leveza: *"A gente lembra mais dos carros do que das caras"*, ela anotara. *"Berta brinca sempre: dos carros e dos paus da rapaziada. Berta é de morte. Mas eles também nunca olham pra gente ou pra nossas caras. Depois que tudo acaba, querem é sumir depressa. Eu digo pra Berta: não faz mal. É assim mesmo. E ela diz: é melió. No aterro a Berta saiu do carro com um dos home. La fora ele pediu pra Berta ajoelhar no chão. Queria ser chupado de pé. E ela ficou de joelhos no chao atras do carro e se ralô toda. Tudo pro cara gozar de pé, que nem um cavalo. E o cara levou um tempão porque tava de porre. Os piores sao sempre os caras de porre. Eu tive mais sorte, fiquei sozinha com o meu no banco da frente que era do tamanho de um sofa. Muito comfortavel. Ele fechou os vidro e ligou o rádio. Pra ninguem escutá e ele poder gritar bem alto. Primeiro eles riem quando a gente entra no carro. Depois ficam serios quando a gente bota a mão nas coxa dele. Aí gemem quando a gente xupa. E gritam quando gozam. Depois ficam calado. Eles calado e nós alegre. Ontem nós duas ficamos bem alegre. A Berta e eu com a grana na mão. Eu disse pro meu: deixa a gente ali de novo benzinho. Perto da Candido Mendes. Ele perguntô: você tá sempre por aqui? Eu falei todas as noites mesmo domingo tambem. Depois das nove porque antes dá muita cana. A Berta gritou do banco de traz: Eu também! Nós duas somos amiga ela tambem gritou. E é verdade. Somos amiga. Eu gosto da Berta."*

Que tipo de destino teria sido o de João Oswaldo, se esse encontro inicial não tivesse ocorrido? Caso ele não fosse dar na Lapa por engano, vindo de uma noitada com seu amigo? Sem ser milionário, tinha dinheiro e era advogado. Um jovem com o futuro assegurado, portanto. Tudo indicava que seguiria uma carreira correta, previsível e possivelmente digna. Teria então cabido ao primo levar adiante a vertente empresarial da família, tarefa da qual, com o apoio paterno, se sairia à perfeição. Quanto a Maria do Socorro, quem sabe tivesse regressado a sua roça, e de lá retirado a irmã das garras do tio ou de terceiros, a tempo de salvá-la de uma trajetória em tudo igual à sua?

Resta-me especular sobre meu próprio destino, nessa reedição de cenários tão ao gosto dos autores de folhetim. É certo que, naquele jatinho da FAB, eu não teria embarcado. E nada saberia sobre o homem sedado em sua maca. Mas que outras viagens realizaria pela vida afora? De que gênero, alcance e custo? Considerando-se os tempos sombrios que logo se abateriam sobre o país?

Henrique sabe respeitar meus silêncios, por longos que sejam. Observa a chuva do alto de nossa janela. No embalo meio indolente das muitas cervejas tomadas juntos nessa interminável tarde, continuo mergulhado em meus pensamentos.

Uma coisa é certa: a vida de Helena eu não teria salvo. Sem João Oswaldo, Helena não sairia viva de sua sala de tortura.

Sem João Oswaldo... O problema é que João Oswaldo planara de tal forma sobre minha existência, que eu nem conseguia imaginar o que teria sido de mim sem ele. Essa é a realidade. Haviam sido cinquenta anos de convívio, dois terços de minha existência até aqui. Um convívio que deixara sua marca. Quase sempre associada a uma penosa sensação de mal-estar. Culpava-o por tudo de ruim que me acontecera, sem ter como fugir do fato de que a ele também devia o que de bom me sucedera.

E, no centro do que de bom me sucedera, brilhava Helena. Helena, cuja vida eu salvara com base em um *trompe-l'oeil*. Eu, cuja trajetória estivera atrelada à de João Oswaldo havia anos, lograra unir por um singular instante o destino de duas mulheres. A evocação de um crime abominável pusera termo à perpetuação de outro.

Helena não teria resistido aos maus-tratos por muito mais tempo. Foi o que os médicos declararam a Paulo Alberto em Estocolmo, depois de um primeiro exame ainda a caminho do hospital. Nem puderam operá-la de imediato. Foi colocada em um coma induzido. *"Esse pessoal maltratou muito sua irmã..."*, comentou laconicamente um deles.

Mais adiante, Paulo Alberto me contaria que avaliou o estrago pelo olhar daquele estranho. *"A gente recebe vítimas do mundo inteiro..."*, o médico revelara sem ocultar o seu pesar. *"Nem as vítimas de curras sucessivas chegam aqui nesse estado. Porque as curras nem sempre se fazem acompanhar de mutilações. É uma coisa ou outra. Raramente ocorrem as duas. E de maneira tão selvagem."*

Recordo-me da fala quase inaudível de Helena no apartamento do Humaitá. *"Eles cheiravam cocaína ou éter antes de começar. Aí ficavam loucos, como diabos.*

Tiravam a roupa e se serviam de meu corpo, do que restava de meu corpo. Depois ligavam o rádio bem alto e me torturavam rindo e ouvindo rock. E eu agradecia a Deus porque nessa hora desmaiava."

Henrique, que segue a distância minha descida ao inferno, está de volta a sua janela, de pé, o cigarro novamente aceso. E é envolto em sua fumaça que me formula um apelo:

— Parceirinho...

— Diga lá, meu jovem — respondo, com uma voz que vem do além.

— Esse jato da FAB vai ter de entrar em nosso filme.

Procuro ganhar tempo:

— Cabe de tudo em nosso roteiro, como você vive dizendo... — relembro. — Um jato a mais, um jato a menos...

Na realidade, estou exausto. O cansaço pouco tem a ver com as cervejas tomadas juntos, embora elas também pesem. Tem a ver com essa remota viagem. É Helena quem agora vejo em minha maca.

— As pessoas precisam saber... — Henrique murmura.

— Que pessoas?! — exclamo, no limiar da irritação. — *E saber exatamente o quê?* Se você mesmo levantou dúvidas sobre minha história? Ou falou por falar?

Henrique é jovem, mas não é homem de se deixar intimidar por tão pouco. Além disso, resiste bem melhor à bebida do que eu:

— Pelo que ando lendo nos jornais, esse gênero de denúncia está vindo à tona em todos os países da região. Um ex-preso político disse até uma coisa interessante outro dia na Argentina: *à falta de dados ou provas, a ficção acaba sendo a única maneira de remexer no atoleiro.*

Os papéis parecem até que se inverteram entre nós, e quem agora leva a história adiante é ele:

– Sabe-se lá se o comandante daquele teu voo dormiu em paz ontem? Talvez esteja louco para dar com a língua nos dentes e morrer sossegado. Os netos dele assistiriam a nosso filme e, na hora do jantar, diriam na mesa: *"Que horror aquela gente, hein, Vovô..."* E o velho guerreiro deixaria a mesa para chorar no banheiro. Sem falar no coitado do Celso Camargo, às voltas com tremendas crises de consciência. Entre duas doses de Chivas.

Nem a ironia de que se revestem suas palavras me traz algum tipo de alívio. Mas ele aí tem uma ideia. Henrique está sempre cheio de ideias:

– Que tal procurar a figura? Saiu outro dia uma reportagem em um jornal de Brasília sobre o pessoal que andou cooperando com os militares naquela fase. Nada de muito específico, tudo meio vago. Mas o nome dele pode ter sido citado. Vou verificar. Se encontrar, eu poderia...

– Bater na porta dele?

Quando eu chegara ao escritório de João Oswaldo atrás de minha história, vinha amparado pela revelação do delegado da Lapa. E tinha sido apresentado por ninguém menos do que José Eduardo de Macedo Soares, um dos patronos da imprensa brasileira. Mas Henrique...

Dou-me assim ao luxo de provocá-lo:

– Você toca a campainha e...

– E digo: *"Boa tarde, prezado embaixador, Vossa Excelência vem administrando bem seus pesadelos?"*

– Ótimo! Mais uma cerveja? Até que a chuva pare?

– Pode ser. Mas antes vou ao banheiro.

Retomo o caminho de minha geladeira. Se meu apartamento fosse atapetado, ele contaria com uma trilha profunda, escavada nesse trecho mais específico de minhas andanças. É no que penso já de volta a minha mesa, quando Henrique regressa. Ele traz nas mãos um quadro, que deposita sobre a toalha entre nós. É a foto da manifestação da Candelária, que ele retirou da parede do corredor.

– Olha bem para o rosto dessa mulher – sugere, virando a imagem de frente para mim.

Fixo meus olhos nos da mulher, pela centésima vez. No momento do flagrante, ela se voltara para a câmera, atracada a sua bandeira. Agora é para mim que se volta. Como se, tendo acompanhado nosso diálogo, ela se mantivesse suspensa no tempo, à espera de uma palavra minha.

– Pode ter sido o filho dela – prossegue Henrique. – Pode ter sido o filho dela o homem dopado em uma maca a poucos metros de você naquele teu voo.

– Pode.. – reconheço. – Em teoria, pode.

Ele, Helena... E quantos mais? Naquela ou em outras macas? Naquele ou em outros voos? Sempre a bordo do mesmo pesadelo?

Após um momento, acrescento:

– Foi por isso que pedi essa foto de presente ao Rocha. Quando me esqueço do que vivi, reembarco naquele jato a bordo dessa imagem.

– E então... – insiste Henrique.

Para não prolongar um diálogo condenado ao impasse, comento:

– Ela tem mesmo idade para ter tido um filho de vinte anos.

– Era jovem, então, o cara da maca? – ele indaga.

– Jovem? Não sei. Estou apenas supondo...

Na realidade, nunca pensara nele como um homem de meia-idade. E, muito menos, como uma pessoa idosa. *"Um dos nossos, que está ferido..."*, limitara-se a dizer Celso Camargo. Em minha imaginação, ele sempre fora jovem. Talvez porque para mim, e em um sentido diametralmente oposto, ele sempre fora *"um dos nossos..."*

Teria a idade do idealismo e da esperança. E, também, do delírio.

36

Porque naqueles anos vivíamos em meio ao mais absoluto delírio. Essa era a tese de João Oswaldo. A tese que talvez o tenha levado a abraçar o receituário da Oban e ajudar a financiá-la: o temor da guerrilha.

— Custei a acreditar que João Oswaldo tivesse ajudado a financiar a Oban...

Henrique não estranha o novo rumo que dou à conversa. Ele me conhece bem a essa altura.

— Quando o documentário sobre o Henning Boilesen foi exibido nos cinemas, há alguns anos, ele me telefonou.

— Não acredito... — Henrique deixa escapar. — Ele te telefonou? Para falar sobre isso?

Henrique começa a demonstrar uma certa dose de perplexidade, no limiar da indignação. E é bom que assim seja. Eu, por meu lado, vou em frente:

— Não tínhamos segredos de espécie alguma, um para o outro. Ou melhor, ele não me escondia nada.

Na realidade, eu tampouco tinha segredos para ele. A diferença é que os meus não se revelavam mirabolantes. Tudo somado, porém, ele sabia tanto de mim quanto eu dele. Sabia, por exemplo, que eu acabava sempre aceitando sua ajuda, fosse ela velada ou não. E que, em troca, prestava-lhe favores sob a forma de matérias ou notas de imprensa quando lhe convinha. Digamos que, em nossa relação, operávamos na sombra – mas produzindo resultados que se deixavam ver às claras.

Henrique está atento demais ao fulcro da história para se deter em certas sutilezas:

– Ele te ligou. E aí?

– Como sempre ocorria em casos como esses, sugeriu uma data, um horário e um local de almoço. Mal sentados à mesa, ele me falou do filme. Do qual eu nem tinha conhecimento. E disse: *"Tem uma coisa que eu preciso te contar."* E acrescentou: *"Não pude te contar antes porque me fizeram jurar silêncio."*

– Caramba... Um artista, nosso João Oswaldo.

– Ele estava muito idoso e fragilizado, esse reencontro se deu uns dois anos antes de sua morte. Disse que preferia que eu soubesse por ele a saber pela imprensa. Porque ficou achando que seu nome acabaria saindo nos jornais, com o de outras pessoas acusadas de financiar ou apoiar a Oban, como ocorreu com o Abreu Sodré e o Paulo Maluf em São Paulo. Falou-se muito deles naquela época. Os dois desmentiram, claro.

– Claro. E o nome dele também saiu nos jornais?

– Não... O curioso é que não saiu.

– Mas está no Google.

– O Google é coisa recente. Está tudo lá. Ninguém escapa ao Google. Se bobear nós dois estamos lá também.

– Você com toda certeza, que eu vi. Não diga que você nunca leu.

– Henrique, se nem computador eu tenho... O pouco que conheço de jargão eletrônico leio nos jornais...

– Mas tua folha corrida está toda lá. Vou tirar uma cópia, se você estiver interessado. São diversas páginas.

– E o que...?

– O que dizem de você? Em resumo? Que você não passa de um grande salafrário.

Rimos os dois, ele bem alegre, eu preocupado. Por sorte, quase em seguida para de chover – e ele se despede. Na porta do elevador, porém, dá-me um longo e afetuoso abraço. Não chega a ser uma absolvição, mas ajuda. *Meu parceirinho...*

37

O que nossos mortos deixam de saber, ao sair de cena, cresce com o passar do tempo. Maria do Socorro cortara os pulsos alheia aos vinte anos de opressão que vigorariam entre nós depois do golpe militar. Flavio Eduardo se matara em plena ditadura, sem supor que quinze anos ainda tardariam até que o Brasil saísse das trevas. Marina desaparecera no Mediterrâneo meses antes da queda do muro de Berlim, tudo ignorando sobre a reviravolta política que o fato ensejaria no mundo. Helena jamais teria tido condições de conceber a presença de uma antiga guerrilheira à frente da Presidência da República de nosso país.

À primeira vista óbvias, essas considerações na realidade se revelam instigantes. E emocionam. Sobre elas conversamos, Henrique e eu, enquanto ele luta para dar um nó em minha gravatinha-borboleta, o adorno final desse *smoking* que alugamos ontem no Centro da cidade. É uma maneira de retomar velhos temas, mas por uma ótica diferente, que vai além dos mortos e suas circunstâncias, para se deter no que passam a ignorar por terem partido. O eterno tema da impermanência das coisas...

Estamos a duas horas da estreia de *Damas da noite* no cinema Odeon. Uma escolha minha, esse local, pois não imagino que um filme baseado em meu livro possa bater em outras telas. Precisa nascer em meio a seus cenários originais, a duas quadras do antigo escritório de João Oswaldo, um espaço do qual me recordo em seus mínimos detalhes; ao lado do Amarelinho, onde faremos uma grande festa após a projeção; e a poucos metros da Biblioteca Nacional, em cujo salão nobre se realizará o seminário sobre o cinquentenário do golpe – e do qual participaremos em alguns momentos mais.

Falta assim, apenas, vencer a batalha contra a gravata-borboleta. Porque acabei achando minhas abotoaduras em uma caixa no alto do armário. E o sapato de verniz já não incomoda tanto quanto antes. O *smoking* alugado por Henrique também ficou bem nele, feitos os ajustes necessários. Tivemos sorte, eram os últimos da loja. Estamos em época de festas de formatura em nossa cidade...

Se trocamos ideias sobre o tempo, não é apenas porque os dois anos de filmagens – recém-encerradas – voaram como por encanto. É também porque ele, o tempo, se transformou em um dos personagens de nossa história. Quando mais não seja, por inspirar uma reflexão sobre as manipulações de que somos vítimas por cortesia sua. Manipulações políticas, ideológicas, existenciais, amorosas, circunstanciais, triviais...

Assim, o que se revelara crucial há cinco décadas é relativo hoje, se não for questionável ou considerado absurdo. Ou seja, dificilmente será lembrado em alguns anos mais. Essa questão da transitoriedade da vida, tão batida que desafia todos os clichês, se faz presente nos diários de Maria do Socorro, nos textos que eu vinha escrevendo após a morte de João Oswaldo, em *Lobos entediados* e seus rascunhos... Mas, também, em minhas memórias esparsas, que haviam subido rio acima atrás de suas nascentes – para cair nas redes armadas por Henrique e acabar inseridas em nosso roteiro.

A gravatinha-borboleta finalmente cede diante da determinação de meu jovem amigo, o que o leva a dar dois passos para trás e contemplar sua obra com um ar que ele pretende apreciativo – e que eu, cético por temperamento e formação, prefiro situar na fronteira da benevolência:

– Está uma beleza, parceirinho – ele diz em um tom encorajador.

Caminho pela sala impecavelmente arrumada, a bordo de meus setenta e quatro anos de idade devidamente completados há poucos dias. Depois do Amarelinho uns amigos mais chegados tencionam vir até aqui. Enchemos então a geladeira de *proseccos* a conselho de meu filho Pedro. Enquanto me vestia, Henrique e eu esvaziamos uma garrafa, que proclamamos excelente. Não fosse por ela, o nó de minha gravata teria saído mais cedo.

Pedro faz parte do comitê organizador que suponho existir por detrás de nossas celebrações. Porque, ao final das filmagens, *Damas da noite* foi lançado sob a forma de romance e, dessa vez, os críticos pecaram por excesso de cortesia no que me diz respeito. Disseram tratar-se de um encadeamento único em nosso meio... Um livro, *Lobos entediados*, dando origem a um filme, *Damas da noite*, que por sua vez gerara um romance homônimo. Obras decalcadas uma da outra, digo eu.. Todas nascidas de uma mesma fonte, em larga medida caudatárias de João Oswaldo e Maria do Socorro.

De toda forma, simpático sentir minha obra apreciada. Um sinal de respeito da imprensa, quem sabe, para com um de seus antigos confrades. Desconfio que Alice Costa seja responsável por essa cobertura favorável. Porque minha editora sempre se revelou nula em matéria de divulgação.

A campainha toca. É justamente ela quem surge com um *bouquet* de flores. Quase em seguida é a vez de Pedro entrar. Em homenagem aos dois, abro uma segunda garrafa. Henrique ergue as sobrancelhas, preferiria que chegássemos sóbrios à Biblioteca.

– De porre será mais engraçado... – pondero ao abrigo da indulgência plenária de que sou credor em decorrência de minha idade.

Mas a leveza de que dou provas esconde um quê de preocupação:

– Vocês acham que vai aparecer alguém por lá? – indago aos três.

– Na Biblioteca? Com certeza... – responde Alice. – E para o filme nem há mais convites. Foram todos distribuídos. A sala vai lotar.

– O trânsito está pesado – avisa meu filho, introduzindo um assunto de natureza prática. – Talvez seja o caso de sairmos mais cedo.

Assim mesmo, sugere tirar uma foto e nos faz sentar no sofá.

– Papai à direita, Alice no meio, Henrique na outra ponta.

Gosto quando Pedro diz *"papai"*. De uns tempos para cá, ele tem me visitado com maior frequência. As antigas arestas que existiam entre nós algo perderam de sua intensidade. Uma tarde, ele apareceu de surpresa em meu apartamento depois de ler *Damas da noite*, um livro que dediquei a ele e a Henrique. O abraço que me deu foi diferente. *Demorado...* Como se, ao me manter preso entre seus braços por uns instantes, ele também estivesse homenageando minha história, com todas suas perdas, tristezas, dúvidas e omissões. Posso ser um pobre e patético retrato de minha geração. Mas até nesse gênero de nicho – sinto em seu gesto – é possível por vezes encontrar algum vestígio de dignidade ou de beleza.

– Vocês representam o futuro... – digo de olho nos três, enrolando um pouco a língua. – Quero ver todos de pé ao lado da janela, e agora quem vai bater a chapa sou eu.

Chapa! Sou mesmo do tempo do onça... Mas eles me obedecem e ressurgem perfilados na janela. Faço então a foto. Na realidade, *futuro* talvez seja um termo exagerado. À exceção de Henrique, que não chegou aos trinta, Alice e Pedro já cruzaram com folga a barreira dos quarenta. É espantoso que eu tenha um filho quarentão.

– O Antonio Rocha me telefonou de Curitiba antes de embarcar – informa Alice, servindo uma segunda rodada. – Prometeu que chega a tempo para o filme. E que, a festa, não vai perder de jeito nenhum. Já o seminário na BN, sobre a ditadura, esse vai depender do trânsito na Avenida Brasil.

– Não há nada que eu venha a dizer que ele já não saiba... – comento aceitando uma nova taça.

E é de olho em Henrique que acrescento:

— De toda forma, a estrela da noite é Mestre Henrique Drumond. Ao diretor cabem todas as honras da casa. O escritor se limita a balançar a cabeça em sinal de assentimento e resmungar contra as omissões de que seu livro foi alvo.

— Nada disso, parceirinho! — exclama Henrique. — Coube tudo em nosso roteiro! E quero ver você falando pelos cotovelos. Mesmo porque as perguntas virão é para você. Depois de todo aquele barulho na Comissão da Verdade em pleno Congresso Nacional, você virou nossa estrela...

Triste e patética estrela, eis a verdade. Deixando o armário com quarenta anos de atraso sem uma história muito precisa para contar.

Mas, em voz alta, pondero:

— Você acha? Aquilo só durou um dia. De lá para cá o país deu três cambalhotas e o mundo dezesseis. Já não há quem se interesse pelo homem da maca.

— Então o jeito é beber — propõe Alice aproximando-se da garrafa uma vez mais.

— E comprar pipoca antes do filme — completa Pedro de olho no relógio. — Mas na carrocinha do pipoqueiro da calçada em frente ao Odeon. Metade doce, metade salgada.

Proponho um brinde à altura do momento histórico:

— Ao pipoqueiro!

Todos se unem em coro a mim:

— Ao pipoqueiro!

— É o verdadeiro herói da noite — acrescenta Alice rindo. — Há cinquenta anos no mesmo ponto, sobreviveu a todas as guerras e guerrilhas como se nada fossem, a todos os crimes e abusos, a todos os governos de cínicos e ladrões, vendendo sempre sua pipoca honesta a quem por ali passa.

— Debaixo de sol, chuva ou gás lacrimogênio — emenda meu filho. — Para não falar da merda projetada pelos pombos na cabeça dos pedestres.

Todos riem. Quanto a mim, relembro os brindes que me vinham à mente nos velhos tempos. *À construção civil... À América do Sul...*

Antes que ela acabe, acrescentara no almoço do Iate. Apesar disso, a América do Sul acabara. Mas ressuscitara. Só que sem o fervor e o brilho heroico de antigamente. Haviam sido muitos os mortos, muitas as tragédias e incontáveis as injustiças. Nossa região encolhera e murchara ao se descobrir mutilada e descrente, uma triste vítima de seus eternos bufões. Abrira-se para os investimentos e a integração. Algo perdera de si mesma no processo.

Penso em um trecho de meu depoimento no Congresso que passara despercebido. Talvez porque eu falasse baixo, ou os congressistas, naquele momento, estivessem desatentos. Em uma viagem mais pessoal, eu comparara ditaduras a colchas de retalhos. Dependendo da época ou do local em que ocorressem, era a forma que elas em geral tomavam.

Em nosso caso, agreguei então, os retalhos tinham ido das violências cometidas contra presos políticos em um porão anônimo aos simpáticos banquetes no Itamaraty para cabeças coroadas de passagem por nossas terras. Quem aspirasse a uma visão abrangente do painel precisava conviver com o menu completo. Pois não havia elo, nessa longa e invisível corrente, que não tivesse tido sua importância – e não se conectasse com todos os demais. Negar o primeiro com veemência, para em seguida digerir o último com uma taça de vinho em mãos, desqualificava o observador.

Um deputado sorriu para mim quando eu disse isso. Torço para que ele tenha entendido. Mas também pode ser que estivesse pensando na assistente em cuja companhia se deliciaria em algumas horas mais. Até onde senti, os outros nem me ouviram. Melhor assim, quem sabe.

Mas a verdade é que não houve um lado ameno e outro pesado na ditadura. Houve um fenôneno só, perpetrado por homens essencialmente iguais. E se um semblante de leveza pairava no ar em algumas ocasiões, permitindo-nos tocar a vida como se nada fosse, ele só aguçava a existência do lado oculto. Pela força mesma do contraste. Só ele foi eloquente naqueles anos.

Por essas e outras, envelheci mais rápido do que imaginara. E quase nada me interessa ou motiva hoje. A não ser projetos de curto prazo, como as celebrações que nos aguardam em alguns instantes mais. Para não mencionar a possibilidade de rever o Rocha. Dirijo-me ao corredor e retiro da parede a foto da manifestação na Candelária.

– Foi o Antonio quem fez a foto – digo aos três, como se necessário fosse. – Vamos levar para a Biblioteca Nacional? E mostrar para o pessoal?

– Não precisa, parceirinho – diz Henrique. – Está no filme.

– Por isso mesmo – insisto.

Viro-me para meu filho:

— Coube mesmo tudo no filme, você nem vai acreditar... Até o que não era para entrar.

Ele ri e, por um segundo, revejo seu rostinho de criança. Alice escolhe essa hora para provocar:

— Até o que não era para entrar? O que, por exemplo?

A eterna jornalista... Não resiste a um segredo. Tem a ver com o sangue que corre em suas veias.

— Por exemplo? — faço eco a suas palavras. — A velha história, triste e banal, de um homem que renegou seus ideais de juventude para aderir ao sistema do qual não desejava ser parte.

— *With a little help from your friend...* — brinca Henrique.

João Oswaldo atravessa nossa sala com seu Buick vermelho.

— *Com ajuda de um amigo...* — reconheço erguendo minha taça vazia ao ar em um derradeiro brinde.

— E quem não aderiu naquela época? — Alice brinca recolocando um brinco que caíra ao chão. — De uma forma ou de outra?

— Seu pai — respondo. — *Por exemplo.*

Alice também está meio alta. Noto pelo abraço que ela me dá. Mas pode ser emoção. Álcool e emoção sempre foram bons companheiros.

A verdade é que acabamos bebendo mais do que deveríamos. Demos inclusive cabo de mais uma garrafa. Com isso, nosso pequeno grupo parece bem satisfeito. Ninguém aqui vai estragar nossa festa, menos ainda eu, com meus brindes inoportunos.

Só que me sinto de repente cansado. Gostaria de me sentar por alguns minutos em minha poltrona. Mas não quero amassar meu *smoking*. Que inveja de Pedro, com seu *jeans* e gola rulê...

— Tua namorada vem? – pergunto.

— Vem – ele responde. – Já deve estar a caminho da Biblioteca.

Bem, então está tudo certo, penso. Coloco a mão no bolso pela décima vez para verificar se estou mesmo com as chaves do apartamento.

— Você nem me falou desse roteiro, quando vim te entrevistar – diz Alice pegando sua bolsa. – Nem aqui, nem no lançamento de meu livro.

— Nosso assunto era o *DC* – relembro.

— Incrível esse teu livro – comenta Henrique com ela. – Que época, essa, do *Diário Carioca*.

Uma época e tanto, penso por meu lado. Época de Flavio Eduardo. *Contra um tanque não dá...* Mas essa é uma anedota que prefiro confiar a quem o conheceu de perto – ao Rocha, por exemplo, em algumas horas mais. Flavio e ele também eram amigos. Como andará o Rocha? Não o vejo há anos. Talvez nem o reconheça. Deve estar um caco. Como o ilustre aqui. Só que, hoje, sou mais eu: estou de *smoking*.

— Papai, você tomou seus remédios?

— Tomei, meu filho. Tomei...

Pedro dirige-se aos demais:

— Então vamos?

Hesitamos ligeiramente. No fundo, gostaríamos de prolongar esse momento, como se ele representasse nosso último elo com um passado ao qual tivéssemos tido acesso por um descuido dos deuses. Algo de quase tangível, que por pouco poderíamos carregar até a janela em nossas mãos, e soprar na noite como se uma poeira de estrelas fosse. *The world was a faraway place...*

Em uns instantes mais, o momento terá desaparecido. Caberá então ao filme, e ao que sobre ele for escrito ou comentado, ocupar seu espaço no imaginário coletivo. E quando, por sua vez, o filme for esquecido, nada restará em seu lugar – fora um livro a caminho do sebo e do abandono.

E é assim, arrastando os pés por essas antigas trilhas, que nosso quarteto se aproxima da porta de saída.

– Levamos tuas flores? – indaga Henrique a Alice.

– Boa ideia... – ela responde pegando de volta seu *bouquet*. – Vão ficar muito bem na mesa da Biblioteca. E vamos levar a foto da passeata da Candelária também.

– A foto, não – decido depois de refletir por alguns segundos. – Henrique tem razão. Ela fica. Não quero correr o risco de perder essa imagem em uma mesa de bar. Essas pessoas estão se tornando escassas. Em breve já não haverá quem se lembre do que ocorreu naquela época. Quem morreu ou desapareceu... Na volta, coloco a foto em seu lugar.

E para Henrique:

– Troquei a lâmpada ontem. A lâmpada que estava queimada no teto do corredor.

– Já não era sem tempo... – ele diz, fechando a porta atrás de nós.

Este livro foi composto na tipologia Warnock,
em corpo 11,5/15,5, e impresso em papel off-white
no Sistema Cameron da Divisão Gráfica da Distribuidora Record.